KB198816

2025
신춘문예 당선동화동시집

2025
신춘문예 당선동화동시집

좋은꿈

| 서문 |

2025년 신춘문예는 그 어느 때보다 각별하고 특별합니다. 직전 한강 작가가 노벨문학상을 수상하며 한국문학이 세계적인 무대에서 인정받고 처음으로 열린 신춘 열매입니다.

이번 당선작들은 그 자체로 새로운 문학적 도전과 성취를 보여주는 귀중한 결실이라 할 수 있습니다. 한국문학의 위상이 높아진 이 시점에서 이뤄진 신춘문예 동화와 동시 작품이 한국문학의 다양성과 깊이를 확장하고, 더욱 풍요롭게 만들 것입니다.

동화는 어린이들에게 꿈과 희망을 심어주고, 어른들에게는 잃어버린 순수함과 따뜻한 기억을 되살려줍니다. 또한 동시는 간결한 언어 속에서 삶의 본질을 통찰하고, 자연과 인간에 대한 감수성을 고취하는 매개체 역할을 합니다. 각각의 당선작은 작가의 개성과 상상력이 빛을 발하며, 인간 내면의 다양한 감정과 아름다운 이야기를 전하고 있습니다.

이번 당선 모음 작품집에는 동화와 동시 부문에서 당선된 19명의 작가들이 자신의 작품을 수록하였습니다. 이들은 각자의 독창적인 시선으로 세상을 바라보고, 그 안에서 발견한 이야기를 정성스럽게 담아냈습니다. 이는 단순히 문학적 성취를 넘어, 어린이와 어른 모두에게 공감과 감동을 전하는 보편적 가치를 만들어냅니다. 이런 작업은 결코 개인의 노력만으로 이루어질 수 없습니다. 이 모음 작품집이 세상의 빛을 보게 되기까지 많은 사람의 헌신적인 노력이 있었습니다.

무엇보다 작가들의 재능과 열정은 물론, 이를 발굴하고 지원해준 언론사와 문화부 기자님들의 끈기와 헌신, 심사위원님들의 공정하고 세심한 평가가 있었기에 당선 모음 작품집이 가능했습니다. 모든 이들의 공동의 노력이 만들어 낸 이 결과물은 단순한 작품집을 넘어, 한국문학의 또 다른 가능성과 방향성을 제시하는 귀중한 자료로 자리 잡을 것입니다.

이번 모음 작품집은 특히 신춘문예를 꿈꾸는 많은 예비 작가들에게 올바른 길잡이가 되어줄 것입니다. 새로운 작가들이 어떤 언어와 감성으로 이야기를 풀어내고, 어떤 주제로 시대의 목소리를 담아냈는지 확인할 수 있는 좋은 참고자료가 될 것입니다. 동시에 일반 독자들에게는 동화와 동시가 가진 매력을 새롭게 발견하고, 문학적 감수성을 키우는 기회를 제공할 것입니다. 어린이들에게는 무한한 상상력과 꿈을 심어줄 것이고, 어른들에게는 바쁜 일상 속에서도 삶의 작은 기쁨과 위안을 발견하게 할 것입니다.

동화와 동시는 모든 세대가 함께 읽고 공감할 수 있는 특별한 장르로, 어린이에게는 꿈과 미래를, 어른들에게는 순수와 회복의 기회를 제공합니다. 이러한 동화와 동시가 다시금 주목받고 사랑받는 시대를 열기 위해, 이번 당선 모음 작품집은 그 출발점이 될 것입니다.

이번 모음 작품집에 담긴 작품들이 독자들의 삶에 작은 행복과 감동을 선사하길 바랍니다. 2025년 신춘문예가 한국문학의 미래를 밝게 비추는 기회가 되기를 기대하며, 참여해주신 모든 분들의 노고에 깊은 감사를 드립니다. 이 모음 작품집이 오래도록 사랑받는 문학적 동반자가 되기를 희망합니다.

2025년 1월

박시연(평론가)

| 차례 |

동화

동시

동화

2025 신춘문예 당선동화집

강원일보

박 성 희

1978년 출생. 강원도 홍천
한국외대 중국어과 졸업/ 한국외대 경영대학원 졸업
어린이작가교실 수료
2025년 《강원일보》 신춘문예 동화부문 당선

델마의 선택

박성희

"강리나! 네 깡통 벌써 와서 기다린다."

돌봄 로봇들 사이에 서 있던 델마가 나를 보더니 손을 흔들었다. 하교하는 아이들을 데리러 나온 로봇들은 크기도 모양도 달랐다. 로봇을 만든 회사마다 다양한 기능을 자랑했다. 구독료를 추가하면 피부를 가진 진짜 사람처럼 만들어 주기도 했다.

하지만 델마는 달랐다. 별다른 기능이 추가되지 않은 기본형 휴머노이드였다. 금속 뼈대가 그대로 노출되어 있고 가슴에는 작은 모니터가 깜빡거렸다. 오래된 저가형 모델이었다.

"데리러 오지 않아도 된다니까. 나 이제 고학년이야."

나는 밉지 않게 델마를 흘겨보았다. 델마는 말없이 내 가방을 받아 자기 어깨에 둘러멨다. 델마 어깨에 팔을 둘렀다. 어느새 작아진 델마를 느낄 수 있었다.

"야, 뼈다귀! 옷이라도 입고 다녀. 깡통이라 부끄러움도 모르냐?"

툭하면 시비를 거는 태오가 델마의 어깨를 '툭'치고 갔다. 델마가 휘청거렸다. 어깨에서 가방이 떨어졌다. 나는 다시 가방을 주워 들고 태오의 뒤통수를 노려보았다.

"녹화했지? 로봇윤리위원회에 신고하자. 툭하면 뼈다귀 깡통이라고 놀리잖아."

"녹화는 못 했어."

"왜?"

"카메라 고장이라…. 난 괜찮아."

"아, 맞다. 깜빡했어."

나는 말없이 집으로 향했다. 델마도 말이 없었다. 내가 자랄수록 델마는 새로운 기능들이 필요했다. 특히 사람처럼 정교한 손을 가지고 싶어 했다. 내 머리를 예쁘게 땋아주고 싶다고 말했다.

하지만 엄마는 그럴 형편이 되지 못했다. 엄마는 아빠 없이 혼자서 나를 키워야 했다. 다섯 살 된 나를 델마에게 맡기고 출근했다.

작은 체구의 델마는 아이를 돌보기 적합한 돌봄형 로봇이었다. 맞춤 서비스를 이용하면 부품도 최신형으로 바꿀 수 있고, 기능도 업그레이드시킬 수 있었다. 하지만 엄마의 월급으로는 무리였다.

그렇다고 구형이 된 델마를 창피하다고 생각한 적은 없었다. 델마는 나에게 아빠이기도 하고 선생님이기도 했다. 이제는 작아진 동생 같기도 했다.

현관문에 도착했다. 현관문 앞의 카메라를 응시하고 지문인식기에 검지를 올렸다. 잠시 후 기분 나쁜 경고음이 울렸다."삐삐삐! 보안 구독

서비스가 곧 중지됩니다. 재구독을 신청하세요."

보안 서비스가 끝나기 직전이었다. 엄마는 구독 서비스들을 줄이기 시작했다. 집안 물건들이 하나씩 사라질 때마다 거실이 조금씩 넓어졌다.

델마는 나를 위한 간단한 저녁을 차려주었다. 창밖은 어느새 어둠이 깔리고 자동차 불빛이 줄을 지어 움직였다.

현관에서 경고음이 울리고 엄마가 들어왔다. 엄마는 나와 눈을 마주치지 않고 방으로 들어갔다. 기분이 좋지 않아 보였다. 나는 델마와 함께 숙제를 했다. 델마에게 유일하게 추가된 기능은 학습지원 서비스였다.

엄마가 씻고 거실로 나왔다. 엄마의 눈이 빨갛게 부어있었다. 거실 공기도 엄마의 젖은 머리카락처럼 가라앉았다.

"엄마 일 그만두기로 했어."

나는 올 것이 왔다고 생각했다. 수업 시간에 로봇이 사람들의 직업을 대신한다는 얘기를 들었다. 엄마가 하던 상담 업무에도 로봇이 도입되기 시작했다. 로봇은 출근도 퇴근도 하지 않고 24시간 일했다. 주말도 쉬지 않았다.

"그래서 말인데…… 델마를…… 반납해야 할 것 같아."

"델마를? 어디로?"

"구독 취소하면 회사에서 데려갈 거야"

"엄마! 델마는 우리 가족이야."

엄마는 가족이라는 말에 날카롭게 반응했다.

"델마는 엄마 대신 너를 돌봐준 거야. 진짜 가족이 아니라고! 이젠 너도 컸고, 엄마가 집에 있을 테니까, 델마는 더이상 필요 없어."

엄마는 단호했다. 델마의 모니터에서 설정을 클릭하자 구독 취소 버튼이 생겼다.

'구독을 취소하시겠습니까?'

'예' 버튼만 클릭하면 델마와 나는 영원히 안녕이었다. 나는 화면에서 엄마의 손을 거칠게 쳐냈다. 델마는 말이 없었다. 델마가 눈물을 흘릴 수 없어 다행이라고 생각했다. 나는 델마 대신 밤새 울었다. 델마는 나에게 휴지를 건네주며 "괜찮다."고 말했다. 그리고 충전 도크로 돌아갔다.

오늘 아침은 델마와 떨어지기 싫었다. 하필이면 '로봇 공감 교육'이 있는 날이었다. 한 달에 한 번 있는 교육은 전교생이 참여해야만 했다.

교육 시간이 되자 교실 중앙에 교장 선생님의 홀로그램이 나타났다. 항상 같은 내용을 앵무새처럼 말해서, 내용을 거의 외우다시피 했다.

"……그래서 우리는 로봇과 함께 살아가는……차별 없는……아름다운……."

오늘따라 시간이 더 느리게 흘렀다. 교육이 끝나자 급하게 정문으로 향했다. 델마가 보이지 않았다. 불길한 예감이 스쳤다. 오늘따라 집으로 가는 걸음이 더디게 느껴졌다. 현관을 열자마자 델마를 불렀다.

거실에는 낯선 아저씨의 뒷모습과 마주 보고 앉아있는 엄마가 보였다. 엄마의 말투에서 짜증이 묻어났다.

"그러니까, 이건 회사 잘못 아닌가요? 제멋대로 움직이는 로봇은 위험할 수도 있다고요. 해킹이라도 당했다고 생각하면 어휴, 끔찍해.

어떻게 아이를 맡겨요?"

회사 로고가 새겨진 재킷을 입은 아저씨가 연신 고개를 숙였다.

"죄송합니다. 오류가 났는지 위치가 파악되지 않네요. 본사에 보고해 빨리 조치해 드리겠습니다."

엄마는 그제야 안심했는지, 팔짱을 풀며 말했다.

"좀 구형이긴 하죠. 안 그래도 구독 취소하려던 참이었는데, 잠깐 방에 들어갔다 나온 사이 감쪽같이 사라졌다니까요."

델마가 사라졌다는 사실이 믿어지지 않았다. 델마는 항상 시계처럼 정확했다. 그런 델마가 오류라니.

나는 델마를 찾으러 밖으로 뛰쳐나왔다. 어디로 가야 할지 막막했다. 델마가 매일 가던 장소는 학교와 근처 식료품점이었다. 나는 학교 정문으로 달렸다. 아이들의 하교를 돕는 로봇들 사이에 델마는 없었다.

식료품점으로 향했다. 골목으로 가면 지름길이었다. 골목에 들어서자 요란한 소리가 울렸다.

"무엇을 도와드릴까요? 날씨나 간단한 뉴스가 궁금하신가요? 오늘은 당신만을 위한 특별한 음료를 할인 중입니다."

골목길에 세워진 인공지능 자판기였다. 나와 델마는 자판기를 '낚시꾼'이라고 불렀다. 매일 당신만을 위한 특별한 음료수를 할인한다며 손님을 낚았다. 나는 무심코 지나쳤던 자판기 앞으로 다시 왔다.

"무엇을 도와드릴까요? 당신만을 위한…."

"아니, 음료는 필요 없어. 오늘 델마 봤어?"

"아! 같이 다니던 그 깡통 말인가요?"

자판기마저 델마를 깡통이라고 불렀다. 델마를 흉보는 아이들의 이야기를 주워들은 게 분명했다.

"글쎄요. 당신만을 위한 특별한 음료를 구매하시면 생각이 날 수도 있지요."

녀석은 지치지도 않고 낚시질을 했다. 나는 가장 저렴한 음료수를 하나 골랐다. 그러자 "감사합니다."를 연발하더니 신나는 효과음을 울렸다.

"자, 이제 말해줘. 봤어?"

"하교 시간 직전이었어요. 평소와는 다르게 혼자서 식료품점 반대 방향으로 가더라고요. 이상 패턴을 감지하고 깡통을 불렀는데, 들은 척도 안 하고…."

나는 낚시꾼의 말이 끝나기도 전에 델마가 갔다는 방향으로 뛰었다. 진짜 델마에게 무슨 오류라도 난 걸까?

모퉁이를 끼고 오른쪽으로 돌았다. 번화가 반대 방향이었다. 인적이 드문 계단을 올랐다. 다른 길은 없으니 델마도 분명 이 계단을 올랐을 것이다. 한 번도 와보지 않은 곳이었다. 허물어져 가는 주택들과 고철 더미가 있다는 얘기를 들었다. 가끔 개 짖는 소리가 들렸다. 나는 숨을 헐떡거리며 계단 정상까지 올랐다. 온몸에서 심장이 요동쳤다. 숨을 몰아쉬고 언덕 위를 살폈다.

고철 더미 앞에 쪼그려 앉아있는 남자아이의 뒷모습이 보였다. 가까이 갈수록 익숙한 옷차림이었다. 태오였다. 태오는 인기척을 느끼고 돌아보더니 당황한 표정을 지었다. 태오 뒤에 쓰러진 델마가 보였다.

알 것 같았다. 평소에도 델마를 괴롭히던 녀석이었다. 델마를 망가

뜨려서 고철 더미에 내던질 계획이었겠지. 그래서 델마를 여기까지 유인해 온 게 분명해 보였다. 델마의 상태를 살폈다. 배터리가 꺼져 의식이 없었다. 나는 태오를 밀쳐내고 델마를 끌어안았다.

"김태오! 델마에게 무슨 짓을 한 거야? 깡통은 너야. 감정도 없는 건 바로 너라고!"

태오가 울 것 같은 표정을 지었다. 나의 연락을 받은 엄마가 회사 사람과 함께 왔다. 나는 마지막 인사도 없이 델마를 보내고 말았다.

엄마는 이번 일을 핑계로 델마를 구독 취소했다. 델마의 오류 때문에 회사로부터 보상을 받아 만족스러운 모양이었다. 델마와 함께한 시간에 비해 마지막은 너무나 짧았다.

델마가 있어야 할 자리에 엄마가 있었다. 델마는 옷도 물건도 정확한 위치에 두었다. 하지만 엄마가 델마를 대신하고부터는 모든 게 뒤죽박죽이었다.

델마와 걷던 길을 혼자 걸었다. 친구들 사이에서 '사라진 깡통'에 대한 소문만 무성했다. 태오는 미안한지 자꾸만 내 주변을 어슬렁거렸다. 하지만 사과를 받아줄 마음은 손톱만큼도 없었다.

지나가는 자율주행 택시 화면에 광고 문구가 보였다. '당신을 편안하게 만들어 줄 새로운 가족, 스마트 케이봇!'이라는 문구가 흐르고 있었다.

'새로운 가족? 거짓말!'

눈물 때문에 글씨가 뭉그러졌다.

한참을 집 앞에서 서성거렸다. 델마가 없는 썰렁한 집이 싫었다. 나는 발걸음을 돌려 시내 쪽으로 향했다. 자율주행 택시를 타고 델마를 만든 회사를 찾아갔다. 높은 빌딩 숲 사이에 삼각형 모양의 회사 마크가 보였다.

빌딩은 차갑고 사람들은 유난히 바빠 보였다. 놀이터의 개미가 된 기분이었다. 그때 빌딩을 순찰하는 로봇이 다가왔다.

"도움이 필요하신가요? 길을 잃으셨다면 가까운 경찰서로 안내해 드리겠습니다."

회사 마크와 똑같이 생긴 삼각형 모양의 로봇이 바퀴를 굴리며 다가왔다.

"길은 잃은 건 아니야. 나를 돌봐주던 로봇을 만나러 왔어."

"구독 취소하셨나요?"

나는 대답 없이 고개를 끄덕였다. 순찰 로봇은 간단한 인적 사항을 물었다. 알아봐 주겠다며 회사 건물로 미끄러지듯이 들어갔다.

기대는 하지 않았다. 델마는 폐기 처분되었을 가능성이 컸다. 계속 신제품을 만들어 내는 회사에게 델마는 고물일 테니까.

잠시 후, 순찰 로봇이 나왔다. 뜻밖에도 나를 연구실로 안내했다. 서글서글한 눈매의 연구원 아저씨가 나를 반겼다.

"네가 리나구나. 델마한테 얘기 많이 들었어. 나는 델마 담당연구원이야. 델마도 너를 정말 만나고 싶어 했단다. 여기까지 찾아오다니 듣던 대로 용감한 아이구나."

연구원 아저씨가 델마의 상태를 알려주었다. 델마의 몸은 폐기되고 의식은 가상 세계에 있다고 말했다. 외모도 목소리도 전부 달라졌다고 말했다.

"델마의 오류를 점검하다 감정을 가졌다는 사실을 발견했지. 아마도

모성애를 학습하는 과정에서 생긴 것 같아"

연구원 아저씨는 대단한 발견이라도 한 듯 흥분하며 떠들었다. 하지만 나는 이미 알고 있었다. 델마가 감정을 느낄 수 있다는 사실을.

델마를 만나기 위해 연구원 아저씨가 건네준 안경을 썼다. 델마가 사는 세상이 눈앞에 나타났다. 주변에 아름다운 꽃들이 가득한 아담한 집이 보였다. 델마가 어떤 모습일지 상상이 되지 않았다.

문을 열고 나온 델마는 더이상 고철 로봇이 아니었다. 하얗고 갸름한 얼굴에 머리카락은 찰랑거렸다. 코안에 뜨거운 공기가 차올랐다. 눈시울까지 뜨거워졌다. 델마는 나를 한눈에 알아봤다.

"리나야…, 마지막 인사를 하고 싶었는데 그렇게 사라져서 미안해."

외모와 목소리는 달라졌지만 나는 델마를 느낄 수 있었다.

"아니, 내가 미안해. 태오한테서 너를 지켜주지 못했잖아."

"언덕 위에 간 건 내 선택이었어. 태오는 평소와 다른 내가 이상해 보여서 따라온 것뿐이야."

델마는 사라진 그날의 진실을 들려주었다.

내가 울던 그날 밤, 델마는 자신의 쓰임이 다했다는 걸 직감했다. 그리고 마지막 순간으로 언덕 위를 선택했다. 필요한 시간만큼만 충전하고 더미에 누워 전원이 꺼지기를 기다렸다.

그 뒤를 따라온 게 태오였다. 델마는 태오에게 나를 부탁했다. 델마의 마지막 순간에 태오가 있었다.

델마는 나에게 손가락을 보여줬다. 델마의 손은 사람처럼 정교했다. 그렇게 갖고 싶어 했던 자유로운 손이었다. 델마와 나는 손과 손을 맞대었다. 나는 델마에게 말했다.

"내가 어른이 되면, 다시 데리러 올게. 그때까지 기다려 줄 수 있어?"

"기다릴게. 여기서."

나는 이제 헤어짐이 두렵지 않았다. 돌아갈 시간이 된 나에게 델마는 손을 흔들었다. 나도 같이 손을 흔들었다. 다시 가족이 되어 만날 그날을 상상했다. 우리는 서로를 바라보며 같은 꿈을 꾸었다.

당선소감 | 박성희

저는 오랫동안 가족의 정의를 고민한 적이 있었어요. 아이들의 입장에서 생각해 보면 선택할 수 없이 그냥 주어지는 특별한 공동체이기도 하지요. 가족이 미래에는 어떤 모습으로 바뀔지도 상상해 보았습니다. 그런 생각과 상상들을 모아 〈델마의 선택〉을 쓰게 되었어요.

로봇은 돌봄이 필요한 아이들이나 노인들에게 고마운 존재가 되겠지요. 아이들은 자신을 돌봐주는 로봇을 진짜 엄마라고 생각할 수도 있고 요양이 필요한 노인들에게는 자식보다 낫다고 느낄 수도 있을 겁니다.

혈연으로 맺어지거나 법적으로 맺어진 사람만이 가족이 될 수 있을까요? 저는 아니라고 생각합니다. 내 옆에서 나의 이야기를 들어주는 존재가 모두 가족으로 확장될 수 있다고 생각해요. 사람들은 자신의 곁을 지켜주는 누군가에게 사랑과 정을 느끼니까요.

도움과 관심이 필요한 주변에 마음을 나눠주는 세상이 되었으면 좋겠습니다. 서로가 가족이 되어준다면 동화 같은 세상이 펼쳐지지 않을까요?

저에게 처음으로 글 쓰는 법을 알려주신 정혜왕 선생님, 저를 다시 재조립할 수 있도록 도와주신 전은숙 작가님께 이 자리를 빌려 감사의 말씀을 드립니다. 그리고 나를 있는 그대로 사랑해 주는 남편, 든든하고 기특한 아들 규빈이, 나의 영원한 뮤즈 딸 소민이에게 사랑을 전합니다.

심사평 | 권영상 · 함영연 아동문학가

"극적사건 · 긴밀한 구성으로 서사에 흥미 더해"

응모작은 총 235편으로 결손가족, 재혼가족을 비롯하여 다양한 가족 형태를 다룬 동화, 반려동물의 동물권, 고령화사회의 노인문제, 환경문제, AI로봇 등의 소재가 많았다. 소재의 편집성에서 벗어나 독특하고 참신한 사유의 확장을 보여야 클리셰로부터 좀 더 자유로울 수 있음을 염두에 두고 읽었다.

그중에서 최종심에 오른 '안녕, 소은', '장수 전파사', '델마의 선택'을 놓고 심도 있게 논의한 끝에 '델마의 선택'을 당선작으로 선정했다.

엄마가 직장을 잃고 집에 있게 되면서, 돌봄 로봇은 더 이상 필요하지 않으니 반납하겠다는 엄마의 효용적 사고와 돌봄 로봇도 가족이라고 생각하는 리나가 대립한다. 학습된 감정으로 현실을 인지한 돌봄 로봇 델마는 자신의 길을 선택한다.

정교한 자유의 손을 지닌 델마를 가상현실로 만나는 결말에서 악역 태오에 대한 진실을 알게 된다. '델마의 선택'은 적절한 극적사건과 상황을 긴밀한 구성으로 전개하여 서사에 흥미를 더하고 있다. 로봇이 폐기되어 고철이 되어도, 의식은 가상 세계에 존재한 진전도 보여 주고 있다.

당선을 축하하며, '델마의 선택'이 초석이 되어 빛나는 작품을 많이 빚기를 바란다.

경남신문

허진호

경주 초등학교 교사
2025년 《경남신문》 신춘문예 동화부문 당선
asutang@naver.com

수아는 1학년

허진호

할머니는 엄지와 검지를 동그랗게 붙였습니다. 비눗물이 흘러 내리기 전에 '후~'하고 입김을 불어넣었습니다. 비눗물은 동그랗게 말리며 비눗방울이 될 듯하다가 '포옥'하고 터졌습니다. 그때 골목으로 오토바이 소리가 들려왔습니다. 할머니는 마당의 빨래를 팽개쳐두고 재빠르게 계단 위로 올라가 담에 눈만 내어놓고 몸을 숨겼습니다. 집배원 아저씨였습니다. 아저씨는 오토바이를 세우고, 편지함 입구에 편지를 밀어 넣었습니다.

"오랜만이야."

"깜짝이야. 숨어 계시다가 갑자기 말씀하시면 어떡해요. 놀랐잖아요."

"내 집인데 숨기는 누가 숨었다고 그래. 편지 왔어?"

"입학 통지서요."

"그게 뭔데?"

집배원 아저씨는 오토바이에 다시 올라탔습니다.

"할머니 집 아래채에 사는 수아레즈요. 그 아이에게 초등학교에 입학하러 오라는 통지서요."

'부르릉.'

아저씨는 몹시 바빴고, 올 때마다 짓궂게 구는 할머니와 이야기하고 싶지 않아 서둘러 출발했습니다. 할머니는 멀어지는 오토바이에 대고 소리쳤습니다.

"수아레즈는 이제 여기 안 살아. 자기 나라 갔다고."

교장 선생님과 김 선생님은 탁자에 찻잔을 두고 마주 앉아서 이야기를 나누었습니다. 교장 선생님은 마치 화를 내는 것처럼 큰 소리로 말씀하셨습니다. 사실은 목소리가 워낙 커서 그렇게 보인 것뿐입니다. 교장 선생님이 커피잔을 내려놓으며 말했습니다.

"김 선생님, 육아휴직으로 오랜만에 학교에 와서 힘들 텐데, 1학년을 맡기게 되어 미안합니다. 입학대상자 중에서 입학식에 오지 않은 학생들은 개별적으로 연락을 한 번 더 해보시고, 최종 입학명단을 교육청에 보고하세요. 올해는 학생들이 많이 와야 할 텐데…."

교장 선생님은 더 큰 목소리로 말씀을 이어 가셨습니다. 교장실이 쩌렁쩌렁 울렸습니다.

"작년처럼 학생들이 적게 온다면 우리 산들초등학교는 문을 닫게 되고, 내년에는 이웃에 있는 초등학교에 합쳐져야 합니다. 그렇게 되면 학교의…."

"교장 선생님, 제가 입학식 때문에 준비할 게 많아서 먼저 나가보겠습니다."

김 선생님은 교장 선생님의 긴 말씀이 끝없이 이어질 것 같아서 교장실을 살며시 빠져나왔습니다.

"휴~."

입학식은 강당에서 열렸습니다. 강당 앞 무대에는 여러 가지 색깔의 풍선으로 만든 무지개다리가 서 있고, 입학을 축하하는 현수막이 빛나고 있었습니다. 교장 선생님은 목소리가 워낙 커서 마이크가 필요 없었습니다. 입학식이 끝나자 김 선생님은 아이들을 데리고 1학년 교실로 갔습니다. 학부모님들도 아이들을 따라 교실로 갔습니다. 아이들은 자기 이름표가 붙여진 자리에 앉았고, 가족들은 뒤에서 바라보았습니다. 선생님은 아이들의 이름을 다시 한번 차례대로 불렀습니다.

"권지윤", "예."

"오소울", "네네, 선생님."

"수아레즈", "네. 아니오. 아니오가 아니라 예. 아, 그게 아니고."

수아레즈 대신에 할머니가 대답하셨습니다. 김 선생님은 고개를 갸우뚱하며 할머니께 다가왔습니다.

'똑똑.'

"네, 들어오세요."

교장실 문이 열리면서 김 선생님이 난처한 표정을 지으며 들어왔습니다.

"교장 선생님, 급히 의논드릴 일이 있습니다."

"이리 앉으시죠. 그래, 무슨 일입니까?"

"오늘 입학식에서……."

"허헛. 내가 해결해 드리겠습니다. 그러니까 수아레즈라는 학생 대신 할머니가 학교에 다니고 싶다고 우기신단 말씀이지요? 그 정도야 아무 문제도 아닙니다. 내가 예전에 영덕에 근무할 때도 비슷한 일이 있었는데 말이죠."

마음이 급한 김 선생님이 말을 가로챘습니다.

"교장 선생님, 그럼 할머니를 교장실로 오시라고 해도 될까요?"

"하하. 그렇게 하세요. 아무 문제 없습니다."

김 선생님은 할머니를 교장실로 안내하고 1학년 교실로 돌아갔습니다. 할머니는 큰 잘못을 한 것처럼 쭈뼛쭈뼛 교장실로 들어왔습니다.

"할머니, 이리 앉으세요."

교장 선생님은 쩌렁쩌렁한 목소리로 할머니를 맞이했고, 손님용 커피를 내어오도록 부탁했습니다.

"할머니의 배움을 향한 순수한 마음은 이해합니다. 하지만 말입니다. 나라에는 법이 있고, 학교에는 교칙이라는 게 있습니다. 에~. 그러니까…."

할머니는 고개를 못 들고 교장 선생님 말씀을 들었습니다. 커피를 마시기 위해 고개를 조심스레 들었습니다. 교장 선생님과 눈이 마주쳤습니다. 할머니는 교장 선생님을 뚫어지게 바라보았습니다. 그러다가 갑자기 일어나서 교장 선생님께 성큼성큼 다가왔습니다. 교장 선생님의 볼을 '꽉' 꼬집었습니다.

"영재야. 여전하구나."

"아야! 누구시죠?"

할머니는 교장실 문을 살포시 닫고 나왔습니다. 얼굴에는 미소가 가득했습니다. 짧은 복도를 지나 1학년 교실로 왔습니다.

"히히, 나도 이제 1학년이다."

김 선생님은 까닭을 알 수 없었지만, 오늘은 할머니를 1학년에 받기로 했습니다. 선생님은 책상에 붙어있는 수아레즈의 이름표를 가리키며 말했습니다.

"할머니. 아니, 학생의 이름표는 새로 만들어 줄게요. 이름이 무엇인가요?"

"네네, 선생님, 제 이름은 수아입니다. 그래서 '수아레즈' 이름표에서 뒷글자만 지우면 되니까 이 이름표 그냥 쓸게요."

아이들이 모두 집으로 돌아가고 김 선생님은 다시 교장실을 찾았습니다.

"교장 선생님, 그 할머니, 아니 수아 학생은 어떻게 된 건가요?"

"아, 수아 누나는…."

"네? 누나요?"

"아! 그게 아니고, 학교는 말입니다. 배우고자 하는 사람은 다 받아주어야 합니다. 그 할머니 말씀을 들어보니 어릴 때 가난해서 학교를 못 다닌 거 같은데 얼마나 사정이 딱하던지…."

"네, 잘 알겠습니다."

교장실을 나가려는 김 선생을 교장 선생님이 다급히 불렀습니다.

"김 선생님, 그런데 말입니다. 그러니까 그게, 1학년 학생들 말입니다. 1학년 학생들도 학교란 곳은 그리 쉬운 곳이 아니란 걸 알 필요가 있는데, 에~ 그리니까 학교는 숙제도 많고, 공부도 힘들고, 공부 시간에 돌아다니면 안 되고 질서도 잘 지켜야 하고, 밥도 시간에 맞추어 먹어야 하고 또…."

교장 선생님은 계속 말을 빙빙 돌려서 하셨습니다. 김 선생님은 무슨 말인지 잘 몰라서 계속 말씀을 듣고 있었습니다.

교장 선생님이 돋보기 너머로 눈을 크게 뜨고는 살며시 목소리를 낮추었습니다.

"그러니까 수아 학생이 학교생활이 힘들어서 스스로 나가게 된다면 문제가 해결되지 않겠습니까?"

"네?"

"어흠. 그냥 참고만 하세요. 바쁘실 텐데 나가보세요."

수아 할머니는 집으로 가는 길에 시장에 있는 옷 가게에 들렀습니다.

"초등학교 1학년 여학생이 입을 만한 옷으로 보여주세요."

옷가게 아주머니는 커다란 리본이 달린 분홍색의 원피스를 꺼내 들었습니다.

"이 옷이 좋아요. 사이즈는 어떤 걸로 드릴까요?"

"내게 꼭 맞는 사이즈로 주세요."

"생각보다 아이의 키가 큰 모양이네요. 이 옷을 선물하면 손녀가 무척 좋아할 거예요."

"아니, 내가 입을 건데…."

"네?"

할머니는 콧노래를 흥얼거리며 화사한 새 옷을 입고 옷가게를 나왔습니다.

교장실 창밖으로 봄꽃이 피어나려 기지개를 켜고 있습니다. 산들 초등학교는 숲으로 둘러싸여 있어서 아이들이 집으로 가고 조용해지면, 숲에서 온갖 곤충들과 작은 동물들이 학교로 등교합니다. 작은 나비 한 쌍이 소나무 주변을 맴돌았습니다. 교장 선생님은 책상에 앉아 머리를 싸매고 깊은 고민에 빠졌습니다.

'수아 누나가 내 비밀을 말해버리면 어떡하지?'

'아이들이 왜 요즘 나만 보면 웃는 거 같지? 내가 어릴 때, 이불에 오줌을 싸서 소금 얻으러 다닌 걸 알게 된 건가?'

'선생님들이 왜 요즘 나를 피하는 거 같은 기분이 들지? 내가 3학년 때까지 여자목욕탕에 간 걸 알게 된 건가?'

'아, 그나저나 학생 수가 모자라서 내년에는 학교 문을 닫게 되었는데, 어떡하지? 내가 교장인데다 우리 학교 졸업생인데….'

"교장 선생님."

"어이쿠, 깜짝이야."

교장 선생님은 깊은 고민에 빠져서 교장실에 김 선생님이 들어 온 것도 몰랐습니다.

"무슨 고민 있으신지요?"

"아, 아닙니다. 어서 앉으세요."

교장 선생님은 국화차를 내어놓았습니다.
"우리 산들초등학교 운동장에 피었던 국화꽃으로 만든 차입니다."
"그렇군요. 향이 좋네요."
"이제 보름이 다되어가는데 학급 운영에 어려움은 없습니까? 말을 안 듣는 할머니가 있다든지…. 혹시 그 할머니가 아이들이나 선생님의 볼을 꼬집거나 괴롭히지는 않나요?"
교장 선생님은 자기도 모르게 자기의 볼을 살살 문지르며 말했습니다.
"아니요. 수아 학생이 다른 1학년 친구들을 잘 보살펴 줘서 아주 큰 도움이 되고 있습니다. 친구들도 수아 학생을 잘 따르고요."
교장 선생님은 실망한 표정을 감추지 못했습니다.
"음~.", "그러면 혹시 수아 학생이 내 말은 하지 않던가요?"
"교장 선생님 말씀을요?"
"그러니까 내가 어릴 때 그…."
"아! 수아 학생이 말하길 교장 선생님께서 어릴 때…."
"커헉!"
교장 선생님은 마시던 국화차를 뿜어버리고 말았습니다.
"내 어릴 때 이야기를 했어요?"
"네, 교장 선생님. 어리실 적에 마을에서 소문이 자자했다던데요."
교장 선생님은 귓불까지 빨개지며 말했습니다.
"그, 그 소문은 사실이 아닙니다. 저는 그런 적 없어요."
"네? 그 소문이 사실이 아닌가요?"
"당연하죠, 그건 수아 누나가 다 지어낸 이야기입니다. 저는 절대로 그…."

교장 선생님은 고개를 떨구었습니다.

“그런가요? 교장 선생님께서 마을에서 제일 똑똑하고 착하다고 소문이 자자했다고 했는데, 사실이 아닌가 보네요.”

교장 선생님은 기뻐서 입술이 실룩샐룩했습니다.

“아니, 뭐~. 사실입니다.”

“교장 선생님. 그건 그렇고 이번에 교육청에 신입생 숫자 보고하는 거, 수아 학생까지 넣으니까 딱 맞더라고요. 덕분에 내년에도 우리 학교가 문을 닫지 않아도 될 것 같습니다. 다행입니다.”

김 선생님의 말씀에 교장 선생님은 얼굴이 밝아졌습니다.

“아! 수아 누나까지 1학년 숫자에 포함하면 아무 문제가 없었네요. 하하하.”

“교장 선생님. 그럼, 저는 이만 나가보겠습니다.”

교장 선생님은 갑자기 모든 고민이 사라져서 날아갈 듯 기분이 좋아졌습니다.

“김 선생님, 우리 1학년들에게 학교는 즐거운 곳이고, 행복한 곳이라는 걸 알 수 있도록 해주세요.”

“네? 하지만 지난번에는….”

“단 한명이라도 힘들어서 학교에 오지 않거나 다른 학교로 전학가는 일이 없도록 하셔야 합니다. 꼭이요.”

“네.”

교장실 밖 운동장 너머 교문으로 오토바이 한 대가 들어왔습니다. 수아 학생은 같은 반 친구들과 걸어가고 있었습니다. 수아 학생은 한 눈에 집배원 아저씨를 알아보았습니다. 너무 반가워서 두 팔을 벌리고 뛰어갔습니다.

"오랜만이야!"

집배원 아저씨는 급히 오토바이를 세웠습니다.

"깜짝이야, 갑자기 오토바이 쪽으로 뛰어오면 어떡해요?"

"반가워서 그랬지."

"그런데 할머니는 여기서 뭐 하세요?"

"나? 여기 학생인데."

"예? 또 무슨 장난을 치시는 건데요. 저 바빠요."

그러자 1학년 친구들이 다가왔습니다.

"맞아요. 수아 할머니는 우리 친구예요. 우리 반이에요."

집배원 아저씨는 멍한 표정으로 멈추어 있었고, 수아 할머니와 1학년 친구들은 다함께 웃으며 어깨동무를 하고 멀어졌습니다.

당선소감 | 허진호

너무도 간절히 바라고 꿈꾸며 기다려온 순간이 있었습니다. 이 순간은 쉽게 다가오지 않았습니다. 어쩌면 이런 순간은 내 생애에 오지 않을지도 몰랐습니다. 현실적으로는 그럴 가능성이 더 높았습니다. 시간이 지날수록 꿈을 향해 힘차게 나아가기보다는 점점 동력원을 잃어 갔습니다. 그래도 꿈을 향해 나가는 과정자체가 더 소중하다며 자신을 달래기도 했습니다. 그러다 꿈은 명사가 아니라 동사형이어야 한다는 글을 보았습니다. 제게 되물었습니다.

'나는 작가가 되고 싶은 것인가? 나는 글을 쓰고 싶은 것인가?'

오랜 혼돈이 끝나고 제게 정리되어 남은 생각은

"동화책을 내고 싶다. 내 책이 시골의 어느 작은 초등학교 도서관에서 먼지와 함께 퇴락되어 가다가 어느 날 얌전하고 착한 아이의 손에 대출되어 작은 가방에 실려 나들이를 한번 다녀오면 좋겠다."

이제 이 꿈을 향해 나아갈 수 있는 면허가 생겼습니다. 제게 기회를 주신 '경남신문' 모든 분께 진심으로 감사의 인사를 드립니다. 고맙습니다. 제가 이 은혜를 갚는 길은 앞으로 정진해서 좋은 작품을 많이 남겨 '경남신문'이 발탁한 빛나는 작가가 되는 것으로 생각합니다.

거듭 감사드립니다. 그리고 이 소감문을 누구보다 관심 있게 읽어보실 저와 같은 도전을 하시는 분들께도 인사를 드립니다. 불편함과 쓸쓸함을 누구보다 잘 알기에 조심스레 존경의 마음을 전합니다. 저의 글쓰기 과정은 오직 나를 찾아 나에게로 떠난 여정이었습니다. 아직도 찾아가는 중입니다. 결국에는 나를 통해 보편의 사람을 만나고 그 사람들이 이룬 사회를 만나고 와서 희망적이고 아름다운 이야기를 펼쳐 나가겠습니다.

사랑하는 가족과 고맙고 그리운 이들의 이름을 하나하나 호명하며 사연을 풀어가느냐고 싶지만, 공적인 공간이기도 하고 제 짧은 글로 규정지어버리기엔 벅차서 가족이라는 이름과 고마운 사람이라는 이름으로 함축하고, 사랑과 감사라는 단어를 빌어 마음을 전합니다.

심사평 | 배익천(동화작가) · 소중애(동화작가)

글 흐름 막힘 없고 아이들 눈높이 잘 맞춰

올해 동화부문 응모 작품은 91편이었으나 2~3편 보낸 분도 있어 100편에 가까운 작품을 심사하게 되었다. 배익천 동화작가와 함께 심사했는데 공통으로 느낀 점은 결손 가정, 다문화, AI, 판타지, 노인 문제 등 소재의 폭이 넓다는 것이었다.

기존 동화의 틀에서 벗어나려는 흔적도 엿보였다. 소재가 다양하고 새로운 틀의 동화가 많으니 심사하는 사람으로 읽는 즐거움이 컸다. 결손 가정에서 부모와의 갈등, 친구들 사이에서 일어나는 다툼, 경제적으로 어려운 가정에서 벗어나고 싶어 하는 욕망 등 여러 가지 결핍을 다룬 작품과 미래를 지배하는 AI와 사람들이 서로 적응하지 못하여 일어나는 이야기, 환경문제 등등. 잘 차려진 잔치 음식상을 앞에 둔 느낌이었다. 잘 차려진 음식이라고 해서 다 맛있고 영양가 있는 것은 아니듯 작품 속에도 크고 작은 단점들이 드러났는데 그중에서 공통적인 단점만 적어본다.

모든 문학작품은 작품을 사이에 두고 작가와 독자가 마주 본다. 그러면서 작품을 통하여 작가는 독자에게 메시지를 전달하는데 그것을 우리는 주제라고 한다. 소재의 폭이 넓은 것은 바람직하였으나 새로운 소재, 트렌드에 맞는 소재에 작가가 끌려가면서 주제를 잃어버린 작품이 여러 편 보여 안타까웠고, 한편으로는 작가 자신을 위한 작품

인양 어린이 독자에게 너무 버거운 내용과 주제가 보여 작품을 열외에 두기도 하였다.

그런 작품 중에서 어린이들이 재미있게 읽으며 작가의 메시지가 선명하게 전달될 수 있는 작품이 있어 골랐으니 〈수아는 1학년〉이었다. 〈수아는 1학년〉은 위에서 언급한 결점에서 벗어난 햇살처럼 빛나는 작품이었다.

수아 할머니는 세를 살다 떠난 수아레즈의 입학 통지서를 가지고 학교에 간다. 학교에 다닌 적 없는 할머니는 학교에서 공부하고 싶어 한다. 물론 학교에서는 입학을 허가하지 않지만 어린 시절 교장선생님이 꼬꼬마였을 때 보아왔던 수아할머니의 귀여운 들추기 작전으로 학교에 다니게 된다. 어린 학생들과 어울리며 즐겁게 학교 다니는 수아 할머니 이야기는 시종일관 입가에 미소를 짓게 하였다. 이야기의 흐름이 막힘이 없으며 아이들 눈높이에 맞춰 쓰인 작품이 돋보였다.

〈수아는 1학년〉은 동심을 바탕으로 하여 어린이를 위해 쓴 산문문학이라는 사전적 동화 정의에 맞는 작품이라고 칭찬하면서 두 심사위원은 흔쾌히 당선작으로 뽑았다.

경상일보

장인선

동서문학상 맥심상(2024)
초등학교 교육공무직 재직 중
2025년 《경상일보》 신춘문예 동화부문 당선

오리 손을 꼭 잡고

장인선

루희가 한참이나 통화하더니 전화를 끊자마자 나에게 달려온다.

"민하야아아."

코맹맹이 소리에 말꼬리가 길어진 걸 보니 뭔가 아쉬운 소리를 할 모양이다.

"파자마 파티 가자니까! 전엔 그렇게 자랑하더니 왜 안 간다는 거야. 난 이번이 처음이란 말이야."

역시나 파자마 파티 얘기다. 이미 여러 번 안 간다고 말했다. 파자마 파티가 바로 오늘 밤이고 이제 몇 시간도 남지 않았는데 저 난리다. 혼자 갈 것처럼 말하더니 인제 와서 딴소리하는 건 이모가 허락해주지 않아서겠지.

루희와 나는 이종사촌이다. 우리는 동갑에 생일도 둘 다 오월이다.

집이 가까워서 2년 전 루희네가 이사 가기 전까지는 거의 쌍둥이처럼 자랐다. 2년 동안 나는 많은 것이 달라졌다. 루희가 여전히 철없는 어린애라면 나는 삐딱한 사춘기가 돼 버린 것 같다. 이모와 이모부가 지금도 사이좋게 지내서일까. 루희가 그대로 인 것이……

아마 이모네가 이사하고 난 직후부터였을 거다. 엄마, 아빠가 싸우기 시작한 게. 어느 날 아빠는 짐을 싸서 나갔다. 나에게 한마디 말도 없이. 그 후로 한동안 아빠 연락을 기다렸다. 하지만 연락은 없었고, 나의 바람과는 달리 엄마 아빠는 결국 남남이 되었다.

한 달 전 엄마와 나는 루희네 집 근처로 이사 왔다. 루희와 같은 학교 같은 반이 되었다. 반이 딱 하나뿐이기 때문이다. 학교 끝나면 루희와 함께 학원에 갔다가 이모네서 저녁 먹고 엄마가 퇴근할 때까지 기다렸다.

루희는 학교에 갈 때마다 팔짝팔짝 뛰면서 좋아했지만 나는 아니었다. 루희와 같이 다니는 게 신경 쓰이고 불편했다. 모든 게 루희와 비교되었다. 루희는 아빠가 있고 나는 없는 거나 마찬가지인 것, 루희는 집에 엄마가 있고 우리 엄마는 늦게까지 일해서 텅 빈 집 대신에 이모네로 가는 것, 루희는 여전히 까불대고 나는 조용해진 것 등 내 눈엔 비교할 것투성이였다. 루희가 좋아하니까 아무것도 모르는 친구들은 우리 사이를 부러워했다.

"싫어, 싫어. 나 파자마 파티 갈 거라고! 꼭 간다고 했단 말이야."

루희가 이모한테 징징대며 떼쓰는 소리가 들린다.

"다 큰 게 아기 짓 하기는. 얘기 끝났잖아. 민하는 안 간다는데 너 혼자 간다고? 남의 집에서 자는 게 뭐가 좋다고 그래."

이모가 루희를 살살 달랜다. 이모 뒷모습만 봐도 표정이 보인다. 눈

빛으로 하트를 보내며 루희가 이뻐서 어쩔 줄 모르는 표정. 이모는 루희가 다른 집에서 자는 게 싫은 것 같다.

"민하랑 같이 가면 된다는 거지?"

루희가 이모에게 다짐을 받고 나에게 온다.

"난 안 가."

내가 먼저 선수 쳤다. 목소리를 내리깔고 단호하게 말했더니 루희는 금방이라도 울 것 같은 표정이 되었다.

"내가 재밌게 해줄게."

루희 목소리가 사정하는 투로 바뀐다. 루희는 모른다. 내가 왜 파자마 파티가 싫은지…….

그건 전학 오기 전 파자마 파티 때문이다.

그날은 유난히 기분이 안 좋았다. 파자마 파티가 재밌지도 않았다. 엄마, 아빠가 곧 헤어질 것 같은 불안에 떨던 시간을 보내고 있었으니까.

발란스 게임을 하는 중에 제일 친했던 채연이가 나에게 물었다.

"잘생긴 남친 1년, 나만 바라봐주는 남친 5년."

뭘 고를까 고민하는 데 이어서 갑자기 튀어나온 말.

"엄마, 아빠"

그 말을 듣자마자 난 얼어붙었다. 다른 애들이 깔깔대며 웃었다.

"뭐야, 애도 아니고."

"유치한 질문하기 없기."

친구들의 웃음으로 얼렁뚱땅 지나갔지만, 엄마, 아빠 소리가 계속 귓속을 두드리는 것 같았다. 나에게 아빠라는 선택 여지가 없었기 때문이었나 보다. 아빠라는 단어에 자격지심이 생긴 이유가.

아주아주 어렵게 채연이에게만 털어놓았던 말이었다.

-우리 엄마, 아빠 이혼할 것 같아. 그럼 난 어쩌지-

그 뒤로 채연이 얼굴을 볼 수 없었다. 아니, 보지 않았다.

사정하는 루희랑 실랑이를 하는 중에 엄마가 퇴근하고 나를 데리러 왔다.

"민하야, 집에 가자."

엄마 목소리를 들은 루희는 쪼르르 달려가 엄마에게 엉겨 붙는다.

"이모, 이모. 우리 반 여자애들이랑 파자마 파티하는데 민하만 안 간대요. 가라고 해주세요. 애들이 다 기다린다고 했어요."

또 코맹맹이 소리로 졸라댄다.

"그래? 민하야. 왜 안가? 너도 같이 가. 반 여자애들이라고 해봤자 다섯 명밖에 없잖아."

생각지도 못한 엄마의 말에 당황했다.

"어…? 우리 영화 보기로 했잖아."

얼버무리는 나에게 엄마는 밝은 표정으로 해결책을 내놓는다.

"금요일인데 뭘, 영화는 내일 보면 되지."

엄마가 저렇게 말할 줄 몰랐다. 이사 오고 처음으로 우리끼리 시간을 보내기로 손가락 걸고 약속해놓고선. 이런 상황을 미처 생각하지 못한 내 탓이다.

"아싸. 그럼 이모, 민하랑 같이 파자마 파티 가도 되죠? 민하야, 가는 거다!"

"어어…."

딱히 더 둘러댈 말이 없었다. 너 때문에 나까지 억지로 가기 싫다고 말하고 싶었지만 우물쭈물하다 아무 말도 못 했다. 루희가 톡 나서서 말하는 바람에 얼떨결에 승낙한 꼴이 되었다. 하여간 루희 때문에 짜증 난다.

"민하 너는 오리 잠옷 있지? 그거 가져가면 되겠다. 나는 뭐 입을까? 나도 오리 잠옷 입고 싶은데…."

루희가 쉴 새 없이 재잘댄다. 정말 못 말린다. 불안하다. 루희가 말실수할까 봐. 전학 온 지 이제 겨우 한 달. 아직은 이곳 친구들에게 엄마, 아빠 이혼한 걸 알리기 싫다.

"민하야, 지오가 공포물 끝내주는 거 알아놨다고 기대하래. 넌 무서운 거 잘 보잖아. 영화 볼 때 네 옆에 있을 거야."

"민하야, 진실 게임할 때 첫사랑 얘기랑 지금 좋아하는 애 있는 거랑 질문 꼭 나오겠지? 너무 기대된다."

마음에 있는 얘기가 바로 튀어나오는 루희. 속이 다 들여다보인다. 벌써 마음이 파자마 파티에 가 있다. 아무래도 루희에게 미리 당부해야 할 것 같다. 루희가 실수로 내 상황을 얘기해 버릴까 봐 맘이 놓이지 않는다.

"루희야, 있잖아."

정신없는 루희에게 운을 띄웠다.

"왜? 여기 보드게임 찾았다. 이것도 가져가자."

들떠 있는 루희가 내 얘기에 집중하지 않는다.

"으응, 보드게임? 그래."

루희에게 꼭 당부 해야 하나 그것도 갈팡질팡 마음이 헷갈린다.

"근데, 뭐라고?"

루희가 고개를 돌리고 나를 본다.

"어…… 무슨 말이냐면…… 오리 잠옷 그거 너 입어."

"꺄! 진짜? 민하야아 싸랑해."

막상 당부하려고 하니 뭐라고 해야 할지 몰라 엉뚱한 말이 튀어나왔다. 엄마 아빠 이혼한 거 말하지 말라고? 그래서 여기로 이사 온 거 비밀이라고? 어떤 말도 이상하다. 또 루희는 아무 생각도 없는데 괜히 당부하는 것도 우스웠다. 엄마 아빠가 이혼한 게 내 잘못도 아니고 애써 감출 것도 아니라 생각하지만 아직은 마음이 무겁다. 아무 준비 없는데 갑자기 물어보면 저번처럼 움찔할 게 분명하니까.

정신 차려보니 어느새 은별이 집 앞이었다.

"민하야, 루희야. 너희 언제 오나 눈 빠지게 기다렸어. 이제 우리 반 오 공주가 완전체가 됐다."

먼저 온 지오와 소희는 놀이동산에서 산 듯한 동물 머리띠를 하고 빨강과 민트 파자마를 입고 우리를 맞았다.

"내가 파자마 파티 순서 다 짜놨어. 나만 믿어."

"이것 봐. 너희가 좋아하는 음료랑 젤리, 과자도 잔뜩 사 왔어. 오늘 밤엔 아무도 잘 수 없어."

애들이 우리 둘 다 왔다고 엄청나게 반겼다. 기분이 조금 나아졌다.

"우리도 빨리 파자마부터 갈아입자."

루희도 신나서 나를 재촉했다.

어느새 나도 들뜬 분위기에 스며들었다. 보드게임과 함께 준비해온 파자마를 꺼냈다. 오리 잠옷을 입은 루희가 단연 인기 최고였다. 오리

실내화를 신고 뒤뚱대는 루희는 내가 봐도 웃기고 귀여웠다. 이렇게 인기 많을 줄 알았으면 그냥 내가 입을걸. 괜히 루희에게 어떻게 당부할까만 생각하다가 맘에도 없는 말을 해서 오리 잠옷만 날아갔다.

저녁으로 마라탕을 먹었다. 이제부턴 신나게 놀라고 우리를 챙겨주시던 은별이 엄마, 아빠는 안방에 자러 갔다.

지오가 알아봤다는 공포물을 보기 위해 거실 불을 끄고 소파에 나란히 앉았다. 좀비가 나오는 영화는 공포라기보단 슬펐다. 난 하나도 안 무서운데 루희는 좀비가 등장할 때마다 내 손을 꽉 잡는다. 하여튼 루희는 겁이 많다.

영화를 반쯤 보다가 다들 재미없어하자 지오가 불을 켜고 외쳤다.

"보드게임 하자!"

보드게임을 하면서 과자와 젤리, 음료수를 먹었다. 보드게임에 한동안 집중했다. 지오가 다음 순서로 넘어가자고 했다.

"진 겜 시간!"

진실 게임 소리에 갑자기 긴장됐다.

"자, 카드를 한 장씩 뽑아. 멍멍이를 뽑는 사람이 당첨이야."

은별이가 인기 캐릭터 카드 다섯 개를 보여주더니 마구마구 섞는다. 한 사람이 한 장씩 뽑았다. 처음부터 걸리기 싫었는데 다행히 나는 복숭아 카드다.

"힝, 내가 멍멍이야. 첫 번째로 걸려버렸네."

소희가 무표정으로 눈을 반쯤 뜨고 있는 멍멍이 카드를 보여줬다.

예상했던 질문이 오고 갔다. 소희 첫사랑과 지금 사귀는 애가 모두 우리 반이라 새로울 건 없었다. 내가 질문할 차례였다.

"지금 현재 고민은?"

마땅히 떠오르는 질문이 없었다.

"음, 난 아빠가 방학에 영국에 오라는데 갈까 말까 고민이야. 엄마는 갔다 오라는데."

소희가 말했다.

"아빠가 영국에 있어? 엄마랑 같이 가면 되지. 그게 무슨 고민이야."

나는 소희 말이 이해 가지 않았다.

"아, 민하 너는 모르지. 우리 엄마, 아빠 이혼한 지 몇 년 됐거든. 보고 싶다고 영국으로 오래. 아빠가 영국에서 애인이 생겼나 봐. 영국 사람이래. 소개해 준다고 오라는 거야."

이혼이란 말을 서슴없이 하는 소희에게 놀랐지만, 아빠가 소희를 보고 싶어 하는 건 부러웠다. 우리 아빠도 지금쯤은 나를 보고 싶어 할까.

"무조건 가!"

아빠 생각에 목소리가 높아졌다. 나에게 향하는 시선이 느껴졌다.

"깜짝이야. 민하 너 목소리 크다. 그동안 조용했던 건 내숭이었구먼."

은별이가 깔깔대자 다른 애들도 웃었다.

"오랜만에 아빠도 만나고 좋지 뭘. 아빠 애인이랑 영어로 얘기도 하고 유럽 구경도 하고 말이야."

나는 얼굴이 화끈거리는 게 느껴졌지만 소희에게 다짐을 받듯이 말했다.

"너희는 어떨 것 같아? 엄마, 아빠랑 헤어지면 누구랑 살고 싶어?"

은별이가 우리를 둘러보며 말했다.

"난 아빠랑 살 거야. 아빠는 내 말이면 뭐든 들어주니까. 엄마는 나랑 둘만 살면 잔소리 대마왕이 될 것 같아."

지오가 장난스럽게 말하면서 은별이를 보았다.

"글쎄, 고민된다. 너는?"

은별이 눈이 나를 향했다.

"…."

이미 내 선택과는 상관없이 엄마와 살고 있다고 말해야 하나 어쩌나 난감해졌다. 입이 떨어지지 않았다.

"엄마, 아빠 고르기를 왜 하고 있어? 일어나지도 않은 일은 생각하지 말자. 패스!"

루희가 말했다. 루희 얼굴이 빨갛게 달아오른 게 보였다. 그 표정에서 난처한 나 대신 말한 게 느껴졌다. 나를 보는 루희의 긴장된 표정에 피식 웃음이 났다. 그제야 루희 얼굴에 배시시 미소가 번진다.

소희 다음으로 은별이가 카드를 뽑았고, 그다음이 나였다.

첫사랑 이야기, 1학년 때 오줌싼 이야기 같은 소소한 비밀을 술술 쏟아냈다. 마음 편했다. 자꾸만 루희에게 눈길이 갔다. 나만 변한 게 아니었다. 아직도 어린애라고 내 마음대로 단정 지어 버렸는데 루희도 성장 중이었나 보다.

"나 자꾸 졸려."

오리 한 마리가 내 어깨에 머리를 기대온다. 루희 때문에 어쩔 수 없이 왔다고 생각했는데, 루희 덕분에 즐거운 시간을 보내고 있다. 나도 루희에게 살짝 기대어 눈을 감았다.

오리 손을 꼭 잡고.

당선소감 | 장인선

함께 해서 이루어진 꿈

저는 겨울을 싫어합니다. 무섭다는 게 정확한 표현일 것 같아요. 추위를 잘 견디지 못하기도 하고, 앙상한 겨울나무를 매일 봐야 하는 것도 이유 중 하나입니다. 나무들이 너무 추워 보여 제 마음까지 덜덜 떨리거든요.

겨울 문턱에서 폭설이 전국적으로 내렸고, 그와 동시에 대상포진에 걸려 잠 못 이루는 날이 이어졌습니다. 대상포진 후유증으로 옆구리 통증을 느끼며 업무를 보던 중 당선 소식을 들었습니다. 믿을 수가 없어 그저 덤덤했습니다.

신춘문에 당선!

이 커다란 산을 넘는 건 꿈속에서나 가능할 것 같던 일이었거든요. 간신히 감사 인사를 전하고 전화를 끊었지만, 하루가 다 가도록 현실처럼 느껴지지 않았습니다. 그동안 동화를 쓰며 보냈던 시간이 파노라마처럼 스쳐 가면서 고마운 분들이 하나둘 떠올랐습니다.

내 마음에 동화의 싹을 심어주신 김미희 작가님, 진심으로 감사합니다. 드디어 연둣빛 새싹이 올라왔어요. 3년 넘는 시간을 함께 해온 세나동 글벗들, 한겨레 70기 글빛모임 친구들. 모두 저의 멘토입니다. 나이도, 지역도 모두 다르지만 한 달에 한 번 줌으로 만난 합평 시간이 쌓여 지금의 저를 만들었어요. 그리고 악어새 성욱현 작가님, 박두진 문학관 이진하 작가님께도 감사를 전합니다.

책 이야기를 나눌 때마다 눈빛이 반짝이는 노년의 어머니, 그 맑은 열정을 언제나 존경합니다. 85세이신 엄마는 저보다 더 많은 책을 읽으시죠. 사랑합니다.

날카로운 조언과 아낌없는 격려를 보내준 딸 윤, 사랑하는 남편과 아들. 모두 감사합니다.

부족한 글을 뽑아주신 경상일보 심사위원님들께도 감사드립니다. 멈추지 말고 계속 쓰라는 격려라 생각하고 더욱 힘을 내겠습니다.

해마다 어서 빨리 지나가기만 바랐던 겨울. 이제는 천천히 흘러가도 괜찮을 것 같습니다.

함께 오리 손을 꼭 잡고 걷는다면…….

심사평 | 김옥곤(동화작가)

탄탄한 기본기에 이야기를 끌고 나가는 힘이 느껴진 수작

예선을 거쳐 본심에 넘어온 작품이 14편이었다. 낡은 소재와 서툰 문장, 구성이 거슬리는 작품을 떨어뜨리자 5편이 남았다.

'율구의 동전'은 이야기가 흥미롭고 재미있지만, 초등학교 2학년이 작중인물로 등장하는 저학년 동화로서는 구성이 산만해 보였다.

'찰칵, 네 컷'은 소원을 말하면 들어주는 사진 자판기에 관한 이야기이다. 나는 서툴지만 내 힘으로 노래를 불렀고, 오히려 마음이 편해졌다는 이야기인데 왠지 그런 반전이 절실하게 다가오지 않는다.

'끈'은 망막색소변성증이라는 질병을 앓는 아빠와 어린 아들의 이야기이다. 치밀한 구성인데도 불구하고 아빠를 돕는 친구, 가이드 러너인 지태 씨의 급한 출장은 작가가 미리 숨겨둔 장치가 아닐까 하는 작위성이 보인다.

'스스로 한 발짝'은 간결한 문장에 신선한 소재로 눈길을 끌었다. GIA(생성형 인공지능)를 이용한, AI 이어폰에서 흘러나오는 지니의 목소리는 마법과 같은 판타지의 세계로 끌어들인다. 선자의 취향으로는 호감이 가는 작품이었다.

'오리 손을 꼭 잡고'는 이종사촌 동갑에 생일도 둘 다 오월인 루희와 나(민하)의 이야기이다. 철없어 보이는 루희와 달리 나는 부모의 이혼을 감추고 싶어 하는 감수성이 풍부한 사춘기 소녀이다. 루희가 파자마 파티에 가자고 했을 때 못마땅해한 것도 이혼 얘기가 나올까 싶어서였다. 파자마 파티에서 소희는 이혼한 아빠가 영국에서 애인이 생겼다고 했고, 그걸 시작으로 아이들은 이혼 얘기를 자유롭게 주고받는다. 이혼이 늘어가는 우리 사회에 어린 자녀가 이 문제를 어떻게 받아들일까, 하는 점을 이 작품을 통해 엿볼 수 있었다.

'스스로 한 발짝'과 '오리 손을 꼭 잡고'를 최종심에 올렸다. 한참을 저울질하다가 기본기가 탄탄하고 이야기를 끌고 나가는 힘이 있는 '오리 손을 꼭 잡고'를 당선작으로 뽑았다. 당선자에게는 축하를, 낙선자에게는 안타까운 마음과 함께 격려를 보낸다.

출처 : 경상일보(https://www.ksilbo.co.kr)

광남일보

양 지 영

대전 출생
공주교육대학교 졸업
어린이책작가교실 수료
한아협 문학아카데미 수강
2025년 《광남일보》 신춘문예 동화부문 당선
my_doresem@naver.com

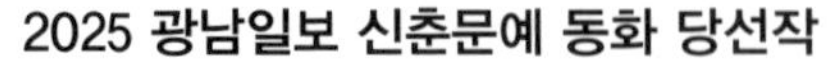

은하계 미르

양지영

분명 사람 발소리다.

은하는 잽싸게 소리가 난 쪽을 향해 고개를 돌렸다. 창문에 검은 형체가 휙 내달리는 게 보였다. 얼핏 보아 몸집이 작은 사람 같았다. 은하는 며칠 전 아빠가 놓친 신비초 도둑일 거로 생각했다. 놈은 그날 신비초 훔치는 걸 실패했다. 그러니 다시 온 게 틀림없다.

'아빠한테 연락할까? 아니야. 그럼 늦어.'

아빠는 지금 한남 시 본부에서 회의 중이다.

'내가 잡는다!'

은하는 팜팩토리 문을 박차고 나가 놈의 뒤를 쫓았다. 놈은 산꼭대기를 향해 달렸다.

'쳇, 이 정도는 눈 감고도 오를 수 있지.'

이 길은 은하가 다섯 살 때부터 열두 살인 지금까지 아빠랑 매일 오르내린 산길이다. 은하가 펄펄 나는 듯이 따라잡는 것에 비해 놈은 이리 비틀 저리 비틀 위태로웠다. 격차가 점점 좁혀졌다.

그때였다.

'턱' 놈이 그만 돌부리에 걸려 다리를 휘청거렸다. 절호의 기회다. 은하는 부웅 날아오르듯 몸을 날려 오른발로 놈의 등을 세게 차버렸다. '욱' 놈이 짧은 신음을 내뱉고 앞으로 고꾸라졌다. 잽싸게 팔로 놈의 뒷목을 눌렀다.

아빠는 하나밖에 없는 딸인 은하에게 태권도를 가르쳤다. 자기 몸은 스스로 지킬 줄 알아야 한다면서. 그럴 때마다 은하는 속으로 코웃음을 쳤다. 그런데 아빠한테 배운 태권도가 이렇게 빛을 발할 줄이야.

"사, 살려 주. 켁켁."

놈은 버둥거리지도 못하고 겨우 몇 마디 내뱉었다.

'어라? 어린애잖아.'

순간 은하는 당황했다. 누르고 있던 팔을 얼른 풀고 일어서 아이를 내려다보았다. 아이도 슬그머니 몸을 일으키더니 옷에 묻은 흙을 툭툭 털어냈다. 아이가 고개를 들었다. 구불거리는 노랑머리가 귀 옆을 살짝 덮었다. 갈색 눈동자와 오똑한 콧날이 노랑머리와 잘 어울렸다. 은하보다 한두 살 어려 보이는 남자 아이다. 이상하게 한남 시 사람들이 입는 쿨링 슈트와 다른 슈트를 입고 있었다.

"너, 신비초 훔치려던 거지?"

은하가 팔짱을 끼며 물었다.

"어떤 방법으로든 대가는 지불할게."

아이는 은하의 눈을 똑바로 보고 말했다.

"대가? 신비초가 얼마나 귀한 건 줄 알기나 해? 그냥 약초가 아니라고!"

은하는 어금니를 꽉 물었다.

은하가 태어나기 전 지구는 식물이 잘 자라는 살아있는 땅이었다. 2077년인 지금은 상상조차 힘든 일이다. 지구 온난화로 해수면이 상승했고 결국 몇몇 도시는 물에 잠겼다. 사람들은 점점 더 높은 곳으로 터전을 옮겼다. 돈이 많은 사람들은 큰돈을 들여 외계행성에 지은 우주 거주국으로 떠났다.

아빠와 남은 사람 중 일부는 지금의 한남 시에 자리를 잡고 작은 도시를 이루었다. 얼마 안 되는 땅을 일구어 농사를 시작했지만, 식물을 재배할 수 있는 기후가 아니었다. 생명공학자였던 아빠는 온실처럼 생긴 팜팩토리를 세워 운영을 책임지고 있다. 온도 습도를 조절해서 채소를 키워 한남 시 사람들에게 공급한다.

이 년 전 아빠는 팜팩토리에서 신비초를 재배하는 데 성공했다. 인간의 몸을 서서히 굳게 만드는 바이러스에 대항해 면역력을 강화하는 약초다. 신비초는 척박한 의료 환경에 놓인 한남 시 사람들의 생명 보호막이나 마찬가지다.

은하는 주저하지 않고 워치에 있는 비상 버튼을 눌렀다. 사이렌이 요란하게 울려댔다. 은하의 위치가 비상 대응팀에 전달되었을 거다. 이제 사람들이 몰려오겠지. 아이가 주춤대며 뒷걸음질 쳤다. 은하는 아이가 도망가지 못하도록 팔을 콱 움켜잡았다. 아이 몸에서 떨림이 느껴졌다.

아이는 곧바로 상황실로 끌려갔다.

은하 아빠와 아이가 부스 안에서 책상을 가운데 두고 마주 앉았다.

은하는 아저씨들 틈에 껴서 부스 유리창을 통해 둘을 지켜보았다.

부스와 연결된 스피커로 둘이 하는 이야기가 들렸다.

“이름이 뭐야?”

아빠가 미간을 찌푸리고 물었다.

“미르.”

아빠는 미르가 입고 있는 슈트를 자세히 살폈다. 미르는 우주복처럼 생긴 은빛 슈트를 입고 있었다. 왼쪽 가슴에는 손바닥만 한 크기의 둥근 마크가 달려 있었다. 푸른빛과 흰빛이 어우러진 것이 마치 바다 위에 하얀 구름이 떠 있는 모습 같았다. 은하는 그 모습이 책에서 보았던 예전의 지구를 닮았다고 생각했다. 아빠가 마크 위에 쓰여 있는 글자를 뚫어져라 바라보았다.

“프. 록. 시. 마. …프록시마에서 온 거야?”

아빠의 얼굴이 굳어졌다. 미르가 고개를 끄덕였다. 아빠는 프록시마에 대해 무언가 아는 낯빛이다.

“신비초를 가져오라고 시킨 사람이 누구야?”

아빠의 목소리가 날카로웠다.

“아무도 시키지 않았어요.”

미르는 바닥으로 시선을 떨구었다.

“신비초는 왜 필요한 거지?”

“우리 행성에 원인 모를 전염병이 퍼졌어요. 병에 걸리고 사흘이 지나면 몸이 서서히 굳어가요. 나중에는 심장까지 굳어서 죽게 돼요.”

미르 눈에 눈물이 차올랐다.

“그래서 혼자 여기까지 왔다고?”

“이상하게도 아이는 걸리지 않고 어른만 전염돼요. 할아버지와 아

빠도 이 병에 걸려서 육 개월 전에 돌아가셨어요. 이제 엄마까지 전염돼서 몸이 굳고 있어요. 최근에 지구에서 우리 행성으로 온 사람한테 들었어요. 한남 시 팜팩토리에서 누군가 신비초 재배에 성공했다고요. 신비초만 있으면 우리 엄마를 살릴 수 있어요."

미르의 눈에서 눈물이 주르륵 흘렀다.

'엄마'라는 말에 은하의 가슴이 뻐근해졌다. 시간이 지나면 희미해질 줄 알았는데 엄마는 은하 마음 깊은 곳에 잠자고 있었나 보다.

아빠는 숨을 크게 들이마시고 길게 내쉬었다. 그러고는 아무 대꾸 없이 부스 밖으로 나왔다.

"저 녀석 말이 사실일까?"

"거짓말 같지는 않아."

"어린애가 용기가 대단하네."

부스 밖에 있던 아저씨들이 한마디씩 했다.

"다들 기억 안 나? 프록시마로 떠난 사람들이 우리한테 한 짓 말이야!"

아빠가 눈썹을 움찔했다.

한남 시는 풍족한 먹거리와 첨단 시스템을 갖춘 화려한 도시였다. 하지만 기후 위기로 도시는 서서히 병들었다. 사계절은 없어지고 높은 기온 탓에 사람들은 쿨링 슈트를 입어야 했다. 식물은 제대로 자랄 수 없었고 해수면은 서서히 상승했다. 시 정부는 나름대로 대책을 마련했지만, 지구가 병드는 속도를 따라잡기에는 늦었다.

십 년 전 시 정부와 항공우주 회사인 스페이스컴퍼니가 외계행성 이주 프로젝트를 진행했다. 시 정부가 선택한 행성이 지구에서 가장 가까운 프록시마다. 스페이스컴퍼니는 프로젝트를 대대적으로 홍보했다. 행성에 사람이 살 수 있게 테라포밍하려면 많은 돈이 든다고 했다. 이주를 원하는 사람 중에 가난한 사람들은 몇 년간 돈을 나눠 냈다. 은하 할아버지도 그중 하나였다.

행성 이주가 임박했을 때 일이 터졌다. 시 정부 관계자 한 명이 양심선언을 한 것이다. 시 정부 고위층과 스페이스컴퍼니는 행성 테라포밍에 생각보다 더 많은 돈이 들자, 사람들을 속였다. 돈은 돈대로 받아 챙기고 자기들만 이주 우주선에 몸을 실었다. 이 사실을 알게 된 사람들이 시 정부와 회사 측에 거세게 항의했고 그 과정에서 물리적인 충돌이 일어났다. 시 정부는 이들을 폭도로 몰아 폭력으로 진압했다. 많은 사람이 다치고 죽었다. 은하 할아버지도 그때 돌아가셨다.

"내 아버지를 죽인 사람들이야! 자기들만 살겠다고 떠나더니 또 우리 걸 빼앗아가려고 해?"

아빠는 머리끝까지 화가 치밀어 올랐다.

은하는 언젠가 할아버지가 돌아가신 이유를 아빠한테 들은 적 있다. 그날 아빠는 은하를 앞에 두고 한참을 울었었다.

아빠는 미르를 어떻게 할지 의논하러 아저씨들과 회의실로 갔다.

은하가 부스 안으로 들어가 미르 앞에 섰다. 아빠 대신 미르에게 따져 물을 작정이었다.

"행성 사람들이 우리 할아버지와 사람들을 속이고 죽게 했어."

"나도 알아. 우리 아빠한테 들었어."

미르가 눈물로 얼룩진 얼굴을 한 채 은하를 올려다보았다.

"그걸 알면서 신비초를 달라고? 너무 뻔뻔한 거 아니니?"

"염치없는 거 알아. 하지만… 엄마를 살릴 수 있다면 뭐든지 할 수 있어."

미르가 자리에서 벌떡 일어섰다.

미르의 말에 은하는 엄마 얼굴이 떠올랐다. 은하가 초등학교에 입학할 무렵 엄마는 당시 유행하던 원인 모를 바이러스에 감염되었다. 행성에 퍼진 전염병과 같은 증상이었다. 병에 걸린 지 한 달 만에 엄마는 세상을 떠났다. 그때부터 아빠는 바이러스 퇴치 연구를 시작했고 결국 신비초 재배에 성공했다.

"시간이 없어. 신비초 조금만 나눠줘. 부탁할게."

미르의 목소리에 간절함이 묻어났다.

은하의 마음도 잠깐 흔들렸다. 하지만 이내 마음을 고쳐먹었다.

"아니. 너희처럼 이기적인 사람들에겐 조금도 줄 수 없어."

은하는 단호하게 거절했다.

미르는 무언가 결심한 듯 입술을 굳게 다물었다.

은하가 뒤돌아 부스 밖으로 나가려는 참이었다. 미르가 은하를 거세게 밀치고 쏜살같이 뛰쳐나갔다. 은하는 벽에 세게 부딪쳤지만 잽싸게 미르의 뒤를 쫓았다. 미르는 죽을힘을 다해 내달렸다. 미르가 뛰어가는 방향이 팜팩토리를 향하고 있었다. 은하의 머릿속에 불길함이 스쳤다.

그때였다.

"아악!"

내리막길에 접어든 미르가 발을 헛디뎠다. 미르는 데굴데굴 굴러떨어졌다. 뒤쫓던 은하는 놀라 그 자리에 우뚝 섰다.

"미르!"

은하가 정신없이 내리막길을 달려 내려가며 미르를 소리쳐 불렀다. 미르는 머리에 피가 흐른 채 내리막길 끝에 널브러져 있었다. 은하가 워치의 비상 버튼을 눌렀다. 요란한 사이렌 소리가 작은 도시를 가득 채웠다.

미르가 머리에 붕대를 감고 병실에 누워있다. 은하가 침대 옆에 서서 잠든 미르를 내려다보았다.

"정말 간절했구나."

은하가 혼잣말처럼 중얼거렸다.

"아직 자니?"

시 관계자 아저씨가 병실 문을 열고 들어왔다.

"깼다가 도로 잠들었어요."

"크게 다치지 않아서 다행이구나. 아빠는?"

"팜팩토리에 가셨어요."

"이 녀석 소형 우주선을 타고 왔더라고. 우주선에서 이게 나왔어. 아빠 오시면 전해 드리렴."

아저씨는 은하한테 태블릿을 건네고 병실을 나갔다.

은하가 태블릿 전원을 켰다. 태블릿 안에 있는 자료를 살펴보던 은하의 눈동자가 흔들렸다. 금세 눈에 눈물이 가득 고였다. 잊으려고 애썼던 엄마에 대한 기억이 되살아났다. 그때 아빠가 병실로 들어왔다.

"왜 그래? 은하야."

아빠가 양손으로 은하의 어깨를 잡고 물었다.

손등으로 눈물을 훔친 은하가 오른손 엄지손가락으로 자료를 터치해 병실 벽으로 날려 보내는 시늉을 했다. 하얀 벽에 마치 영화처럼 영상이 재생되었다.

흐려진 눈동자. 바싹 마른 몸. 어눌해진 말투. 아픈 미르 엄마다.

"신비초… 조금만 나눠주세요. 흠. 지금 우리… 행성 사람들이 죽어가고 있어요. 흐음."

미르 엄마는 숨이 넘어갈 듯 말을 이었다.

"지구를 떠날 때. 후우. 당신들께 한 행동은 정말… 미안합니다. 사, 살려주세요."

미르 엄마가 주르륵 눈물을 흘렸다.

아빠가 태블릿 전원을 꺼버렸다. 은하 엄마를 떠나보내던 때가 떠올라 더 이상 볼 수 없었다.

은하는 흐느껴 울기 시작했다. 엄마가 돌아가신 뒤 애써 울음을 참았던 은하다. 하지만 지금은 마음 깊은 곳에서 터져 나온 울음을 막을 수 없다.

"아빠, 미르 엄마도 우리 엄마처럼 죽으면 어떻게 해? 다른 사람들은 엄마처럼 죽지 않게 하려고 신비초 재배한 거잖아. 행성 사람들도 지구인이잖아."

은하가 눈물범벅이 된 얼굴로 아빠를 간절히 바라보았다.

아빠가 은하를 끌어안았다. 그러고는 한없이 눈물을 흘렸다.

며칠 뒤 아빠는 시 관계자들을 설득해서 신비초를 프록시마로 보내기로 했다. 반대 의견도 만만치 않았지만 신비초 재배에 성공한 아빠

의견을 무시할 수 없었다.

우주복을 입은 미르가 헬멧을 쓴 채 조종석에 앉아 있다. 미르는 신비초가 담긴 상자를 들어 보였다. 그러고는 오른손 엄지손가락을 높게 세웠다.

잠시 뒤 조종석 문이 닫혔다.

은하는 미르가 남긴 말을 되뇌었다.

'고마워. 지구와 지구인의 사랑, 잊지 않을게.'

그 순간, 엄청난 굉음과 함께 엔진에 시동이 걸렸다. 땅이 사정없이 진동했다.

아빠가 은하의 머리를 당겨 가슴에 품었다.

진동이 멎을 때쯤 우주선은 하늘을 향해 높이 날아올랐다.

당선소감 | 양지영

선물 같은 동화를 쓰겠습니다.

별다를 게 없는 크리스마스 전날이었습니다. 산타할아버지도, 크리스마스 선물도 마음을 설레게 하지 않았습니다. 크리스마스 캐럴조차 무료하게 느껴지는 날이었습니다.

모르는 번호로 전화가 걸려 왔습니다. 받을까 말까 망설였습니다. 계속 울리는 핸드폰 진동 소리가 신경 쓰였습니다. 전화를 받았습니다.

짧은 통화를 마치고 한참을 멍하게 서 있었습니다. 은하와 미르가 떠올랐습니다. 당선 소식이 마치 두 아이가 제게 보낸 크리스마스 선물 같았습니다.

교직 생활 중 가장 힘든 시기에 동화를 썼습니다. 그런데 신기하게도 동화는 저를 치유했습니다. 마음을 무겁게 하던 교실이 어느 순간 다정하게 느껴졌습니다. 그렇게 저는 동화에 빠져들었습니다.

매주 대전과 서울을 오가며 동화를 썼습니다, 누군가는 '왜 사서 고생이냐?'고 말하기도 했습니다. 하지만 저는 동화가 가진 힘과 신비한 매력을 믿었습니다.

덜컹거리는 기차 안에서 마음속으로 기도했습니다. 제가 쓰는 동화가 누군가에게 다정하게 다가가기를, 때로는 힘이 되기를, 세상에 작은 빛이 되기를.

이제 그런 동화를 쓰겠습니다.

'앞으로 열심히 써 보라'는 격려를 담아 부족한 작품을 당선작으로 뽑아주신 심사위원님과 광남일보 관계자께 감사드립니다.

내가 쓰는 동화의 주인공이었던 사랑하는 제자들, 귀찮을 텐데 선생님 글을 열심히 읽어줘서 고맙구나.

언제나 나를 응원해 주는 나의 동료들, 이 길을 함께 걸어가는 든든한 글벗들, 정말 고맙습니다.

도전하기 좋아하는 아내를 무조건 밀어주는 영원한 어린왕자 문서씨, 가장 먼저 엄마의 초고를 읽고 국문학도다운 평가를 아끼지 않는 민지, 언제나 엄마의 꿈을 응원해 주는 노래하는 외교관 민회, 딸을 위해 매일 기도하시는 최선자 여사님, 사랑합니다.

참다운 작가의 삶을 몸소 보여주시는 존경하는 원유순 교수님, 동화 쓰기 기본을 가르쳐 주신 다정한 정해왕 선생님, 동화작가의 꿈을 갖도록 시작을 함께해 주신 김세실 작가님께 무한한 감사의 마음을 전합니다.

마지막으로 내 뒤에서 나를 도우시는 그분께 모든 감사와 영광을 드립니다.

심사평 | 양인자(아동문학가)

울림 있는 동화의 조건… 폭넓은 의미의 연대 상기

2024년은 한강 작가의 노벨문학상 수상을 빼놓고 이야기할 수 없습니다. 한강 작가는 문학 작품과 함께 성장했다며 어렸을 때 감명깊게 읽었던 '사자왕 형제의 모험'을 언급했지요.

그래서일까요? 응모된 동화도 무척 많았습니다. 이 많은 원고에 어떤 이야기들이 들어있을지 기대도 컸고 또 진짜 좋은 작품을 선정해야 한다는 부담감도 컸습니다.

단편 동화는 치밀한 구성으로 밀도를 높여야 함에도 불구하고 앞부분이 지나치게 늘어지고 성급하게 결말을 맺는 작품이 많았고, 지금 아이들이 처한 상황이나 고민보다는 아이가 어른을 이해하는 내용도 많았습니다. 동화를 읽는 독자가 궁극적으로 어린이라는 사실을 잊지 않았으면 합니다. 또한 할머니를 소재로 한 작품도 많았는데, 새로운 유형의 할머니 캐릭터는 등장하지 않았습니다.

소재와 구성이 더 신선하고 도전적인 작품을 찾아 허리를 곧추세운 결과 네 편의 작품을 놓고 고민을 거듭했습니다.

요즘의 아이들은 관계 맺기를 두려워한다는데, 환상적 장치를 통해서라도 상대의 마음을 알고 또 자신의 마음을 전달하고픈 '전광판'은 의미 있었습니다. 일방적인 관계가 아닌, 다른 사람의 생각을 당장 알지 못해도 점차 알아가는 방법을 배웠다는 진술은 미더웠으나 갈등이 약하고 다소 산만하여 아쉬웠습니다.

'행복상자 챌린지'는 절제가 필요한 물건을 행복상자에 넣고 그 시간 동안 상대방을 이해하고 자신을 새롭게 발견한다는 내용입니다. 설정은 조금 진부했지만, 스마트폰에 푹 빠진 아이의 고민이 현실적으로 다가왔는데, 행복상자가 커진 결말 부분에서 공감이 안 되고 맥이 빠졌습니다.

욕심 많은 왕비가 쓰던 마법의 거울이 인공지능 챗봇의 도움을 받으며 주인공 미로와 대화를 하는 '미로의 질문'은 재미있었습니다. 아이가 질문하는 법을 배워가는 부분이 인상적이었지만 주인공 미로가 진짜로 궁금해 하는, 엄마가 자신을 사랑하는지 확인하는 부분의 개연성이 약했습니다.

2077년 근 미래를 배경으로 한 '은하계 미르'는 세계관의 설명이 길지 않고 바로 사건으로 들어가는 과감함에 작품의 긴장감이 유지됩니다. 현재의 기후 위기 상황을 반추하면서 우리가 어떻게 살아야 할지를 생각할 수 있는 작품이었습니다. 어려움에 처한 우주기지국을 돕기 위해 어른들을 설득하는 은하를 보면서 폭넓은 의미의 연대를 생각했습니다. 물론 완벽하진 않지만 읽을수록 장점이 훨씬 돋보인 '은하계 미르'를 당선작으로 결정했습니다. 축하하며 더 좋은 글로 어린이들과 만나기를 기원합니다.

그리고 도전하신 모든 분들께도 위로와 함께 소중한 그 걸음 멈추지 말고 계속 나아가길 부탁드립니다.

광주일보

수이레(김선영)

충북 청주 출생
어린이책작가교실 44기 졸업
한우리 독서토론논술 교사
2025년 《광주일보》 신춘문예 동화부문 당선
kimsuile99@gmail.com

터치!

수이레

클라이밍 센터의 문이 열렸다. 커다란 창문에서는 환한 빛이 쏟아졌고, 여기저기에서 구호 소리가 들려왔다. 희미한 땀 냄새, 경쾌한 음악 소리. 새로 생긴 곳이라 그런지 모든 게 깔끔했다. 학교 앞에서 전단지를 나눠주던 선생님과 눈이 마주쳤다.

"처음 왔니? 이름이 뭐야? 몇 학년?"

"한승미요. 지금 6학년이에요."

밖에서 구경만 할 생각이었는데…. 엄마가 알면 분명 화내겠지?

"어서 들어와. 승미는 운동 좋아해?"

'운동'이라는 말에 가슴이 뛰었다. 내가 가장 하고 싶은 게 바로 그거였으니까.

"클라이밍은 벽이나 인공 암벽을 타고 올라가는 운동이야. 장비 갖추고 안전하게 하는 거라 크게 위험하지는 않아. 요즘은 어린이들도 많이 하고."

나는 고개를 끄덕이며 선생님을 따라갔다. 안으로 들어가자, 학교

강당만큼 높은 벽 앞에 사람들이 모여 있었다. 그 사이로, 몸에 안전 장치를 단 두 아이가 보였다. 갑자기 호루라기 소리가 들리더니 그 애들이 빠르게 벽을 기어 올라갔다.

"저건 '스피드 클라이밍'이라고 해. 누가 더 빨리 올라가는지 겨루는 운동이야."

나는 눈으로 그 애들을 쫓았다. 손발이 보이지 않는 엄청난 속도! 그건 마치 굶주린 도마뱀이 먹이를 쫓는 모습 같았다. 순간, 한 아이가 벽 끝에 달린 빨간 터치패드를 눌렀다. 불이 확 켜지더니 따가운 함성이 쏟아졌다.

심장이 쿵쾅거렸다. 가슴 속에서 뜨거운 폭죽이 터져 나왔다. 나도 해보고 싶다. 저 위로 올라가 빨간 터치패드를 눌러보고 싶어졌다. 생각이 한번 물꼬를 트자, 머릿속이 금세 시끄러워졌다. 그러다 문득, 엄마가 떠올랐다.

엄마는 내가 하고 싶은 건 뭐든 안 된다고 한다. 운동도 안 되고, 위험한 행동도 하지 말고, 얌전히 학원이나 다니라고 했다. 내가 다칠까 봐 그러냐고? 설마, 공부할 시간을 뺏길까 봐 그런다면 몰라도. 나는 온몸에 땀이 나도록 움직이고 싶다. 머리카락이 바짝 서는 긴장감이 좋다. 엄마가 원하는 거 말고, 내가 하고 싶은 걸 하고 싶다. 열세 살쯤 됐으면 그럴 수도 있잖아?

그때, 선생님이 뭔가를 내밀었다.

"자, 이거 무료 체험 쿠폰이야. 다음에 부모님하고 같이 와."

나는 쿠폰을 뚫어져라 쳐다보았다. 맞다. 열세 살은 그래도 되는 나이이다.

집으로 돌아가자마자 엄마부터 찾았다.

"엄마! 나 클라이밍 센터 다닐래. 학교 앞에 새로 생겼어!"

화장실 청소를 하고 있던 엄마가 얼굴을 내밀었다.

"클라이밍? 암벽 등반? 너 그게 얼마나 위험한 건지 알아? 절대 안 돼."

"안 위험해. 내가 보고 왔다니까? 몸에 안전 장비 다 달고 하는 거야. 응? 엄마아."

"쓸데없는 소리 하지 마! 하필 그런 걸, 지금 다니는 학원이나 제대로 다녀."

엄마는 인상을 찌푸리며 화장실 문을 닫았다. 거실 벽에 걸려 있던 외할아버지 사진이 덜컹 흔들렸다. 이럴 줄 알았어…. 방으로 들어가 침대에 누웠다. 천장에 빨간 터치패드가 어른거렸다. 그 애들처럼 팔을 쭉 뻗었다. 침대 옆 벽을 세게 내리치자, 손바닥에 '찌릿'하고 전기가 흘렀다. 뭐지? 운명의 자석이 통과한 것 같은 이 기분은? 주머니에서 쿠폰을 꺼냈다. 가슴이 또 뛰었다. 나는 조용히 휴대폰 단축키를 눌렀다.

다음 날, 학원을 빠지고 클라이밍 센터에 갔다. 물론 엄마에겐 비밀이다.

"승미 왔구나?"

선생님이 내 옆에 서 있는 아빠를 보고 가볍게 인사했다.

"이게 맞는 건지 모르겠다. 엄마가 알면…."

내가 입술에 손가락을 가져다 대자, 아빠가 알 수 없는 표정으로 한숨을 쉬었다.

"빨리 가게 들어가 봐야 한다며, 얼른 가세요. 이따 집에서 봐요."

나는 아빠를 돌려보내고는 선생님 뒤를 바짝 쫓아갔다.

안쪽으로 들어갈수록 화려한 벽이 나타났다. 어른 몸집만큼 큰 노란 돌덩이가 붙어 있기도 하고 알록달록한 작은 돌들이 천장 끝까지 붙어 있기도 했다. 더 들어가자, 대여섯 명의 아이들이 두툼한 매트 위에 서 있는 게 보였다. 나는 그 아이들과 함께 준비 운동을 하고 기본 용어를 익혔다. 올라가는 것 보다 떨어지는 게 중요하다며, 안전하게 떨어지는 기술도 배웠다.

벽에 붙은 색깔 돌은 '홀드'라고 했다. 주먹만 한 크기에 안쪽이 움푹 패여 있어서 손가락으로 잡기 편했다. 선생님이 벽 앞에 서서 시범을 보여주었다.

"자, 두 손을 모으고 눈앞에 있는 홀드 하나를 잡아. 그다음 두 다리를 바깥쪽으로 벌려 앉는 거지, 개구리처럼. 발끝을 홀드에 올리고 무릎을 펴면서 일어나. 옳지! 이제 내가 갈 방향으로 팔을 뻗고, 홀드 잡고, 이동. 와, 승미 잘하는데?"

선생님이 나를 쳐다보자 다른 아이들도 나를 흘금거렸다.

"승미는 한번 위로 올라가 볼까? 저 위에 파란 홀드를 터치하고 오면 돼. 자, 홀드 잡고, 방향 보면서 팔 뻗고, 발 옮기고. 그렇지!"

나는 선생님이 지정해주는 홀드를 따라 한 발, 한 발 앞으로 나아갔다. 위로 올라갈수록 팔다리가 후들거리고 목이 뻣뻣해졌다. 중심을 잃지 않기 위해 정신을 집중했다. 그러자 내가 잡으려는 홀드가 더 잘 보였다. 엄마에게 들킬 걱정도, 아빠의 알 수 없는 표정도 떠오르지 않았다. 그저 알록달록한 홀드만이 머릿속을 가득 채웠다. 손가

락에 힘을 주었다. 홀드를 잡은 오른손이 축축해졌다. 얼른 왼손으로 바꿔 쥐고 오른손을 바지에 문질렀다. 그다음, 파란 홀드를 향해 오른팔을 뻗었다.

"어?"

손가락이 홀드에 닿지 않았다. 오른팔이 허우적대자 발끝이 흔들렸다.

"그만하면 됐어. 천천히 내려와. 내가 보고 있을게."

선생님이 팔을 벌렸다. 하지만 나는 고개를 저었다. 학원에 빠진 걸 엄마가 알면 다시는 여기 못 올 수도 있다. 어쩌면 마지막일지도 모르는 이 기회를, 절대 포기할 수 없었다. 나는 파란 홀드를 노려보며 오른팔을 힘껏 던졌다.

"터치!"

구경하던 아이들이 손뼉을 치며 소리를 질렀다. 그러자 머릿속에 탄산이 터진 것 마냥 온몸이 짜릿했다.

"운동 신경이 아주 좋은데? 체력도 좋은 것 같고."

"외할아버지 닮았나 봐요. 산악인이셨대요. 에베레스트에서 찍은 사진도 있어요."

나는 밑으로 내려와 바닥에 깃발 꼽는 시늉을 했다. 시계를 보니 어느새 집에 갈 시간이었다.

돌아오자마자 침대에 누웠다. 팔도 무겁고 다리도 뻐근했다. 그런데도 홀드를 쥐었던 감각이 자꾸 생각났다. 또 하고 싶다. 더 잘해서, 더 높은 곳까지 올라가고 싶다. 그러려면 엄마를 설득해야 한다. 언제까지 이렇게 몰래 다닐 수는 없었다.

"한승미."

갑자기 엄마가 방문을 열었다.

"너 어디 갔다 왔어? 아빠가 무슨 얘기 하는 거야?"

망했다. 아빠를 믿었는데…!

"어? 그, 그게 무료 체험 쿠폰이 생겨서…. 벽도 튼튼하고 바닥도 푹신하고…."

"그러니까, 학원 빠지고 지금 클라이밍 센터에 갔다는 거야? 안 된다고 했는데도?"

나가려는 엄마를 재빨리 붙잡았다.

"내가 잘못했어, 엄마. 말 안 하고 가서 미안해."

"엄마는 위험한 게 너무 싫어! 엄마가 싫다는데, 그걸 꼭 해야 돼?"

엄마 목소리가 커졌다.

"내가 해보니까 진짜 안전했어. 안 다치게 노력할게. 그러니까 엄마아. 응?"

싸늘하게 돌아선 엄마가 안방으로 들어갔다. 하아…, 이게 아닌데. 나는 머리카락을 부여잡고 주저앉았다.

아침 일찍 일어나 학교 갈 준비를 했다. 여전히 안방은 닫혀 있었고 엄마의 숨소리조차 들리지 않았다. 아빠가 멋쩍은 듯 내 손에 사탕 하나를 쥐어주었다.

"미안해. 아빠도 어쩔 수 없었어."

사탕을 내려다보았다. 나는 초콜릿이 더 좋은데….

"이거, 엄마 나오면 주세요."

밤새 쓴 편지를 아빠에게 건넸다. 클라이밍을 하고 싶은 내 마음과 다시는 학원에 빠지지 않겠다는 약속의 편지였다. 열심히 공부하겠

다는 말도 잊지 않았다.

저녁이 되자, 그제야 엄마가 얼굴을 보여주었다.

“엄마는 진짜 그런 거 싫은데, 너 하는 거 봐서 생각해 볼 거야.”

다행이다. 어제보다 엄마 목소리가 한결 부드러워졌다.

나는 엄마 마음을 돌리기 위해 부지런히 움직였다. 학원도 빠지지 않고 숙제도 밀리지 않았다. 학습지도 빼먹지 않았다. 밤에는 틈틈이 클라이밍 동영상도 찾아보았다. 나보다 어린애들이 십 미터도 넘는 벽을 거침없이 올라갔다. 그것도 엄청 빠른 속도로! 언젠간 나도 저 앞에 설 수 있겠지? 나는 스무 번도 넘게 동영상을 돌려보았다.

일주일이 지났다. 엄마 마음은 좀 변했을까? 가끔 내 방을 훔쳐보는 것 같은데, 말을 안 해서 잘 모르겠다. 집에 들어오니 엄마가 거실에서 통화를 하고 있었다.

“응, 그래. 우리도 그 학원으로 할게. 알았어.”

나를 보고는 서둘러 끊는다. 찜찜한 기분, 예감이 좋지 않다.

“무슨 학원?”

“너! 밤에 동영상을 너무 많이 보는 거 아니야?”

“무슨 학원이냐고! 나 하는 거 봐서 클라이밍 센터 보내 주는 거 아니었어?”

내가 목소리를 높이자 엄마 눈이 날카로워졌다.

“너 하는 거 보니까 안 되겠어서 그래. 다음 주부터 과학 학원 다닐 거야.”

손끝이 차가워졌다.

"이러는 게 어디 있어? 엄마, 나 속인 거야?"

"뭘 속여? 네 행동을 생각해 봐. 내년이면 중학생인데 늦게까지 동영상이나 보고! 다른 애들만큼은 못해도 뒤처지진 말아야 할 거 아니야. 엄마 말이 틀렸어?"

숨이 막혔다. 나도 모르게 몸에 힘이 들어갔다.

"공부할 시간도 모자란데, 클라이밍? 그 위험한 걸 왜 해?"

"안 위험하다고 몇 번을 말해? 엄마가 가 봤어? 가 보지도 않고 어떻게 알아!"

탁! 가방을 내팽개쳤다.

"무슨 짓이야!"

"내 말을 왜 안 믿어? 내가 그렇게 못 미더워? 언제 내가 학원 보내달라고 했어? 다 엄마가 하라니까 가는 거잖아. 클라이밍, 그거 딱 하나 하겠다는데. 그게 그렇게 잘못이야?"

엄마가 불같이 화를 냈다.

"안 돼. 절대 안 돼!"

"그러니까 왜! 왜 안 되냐고!"

"네 외할아버지도 그랬어!"

갑자기 정신이 멍해졌다.

"외할아버지도! 산에 갈 때마다 걱정하지 말라고 했어. 위험하지 않다고. 그런데 돌아오지 않았어. 너도 그러면 어떡해!"

생각지도 못한 대답이었다. 나는 벽에 걸린 사진을 돌아보았다. 에베레스트 산 정상에 깃발을 꽂은, 젊은 시절의 외할아버지가 보였다.

"엄마, 난 외할아버지가 아니야. 해보지도 않고 어떻게 알아? 나 진짜

하고 싶어."

나는 엄마에게 다가갔다. 한 걸음 물러선 엄마가 뒤로 돌아섰다. 엄마의 한숨 소리가 무겁게 내려앉았다.

늦은 밤, 아빠가 외할아버지 이야기를 들려주었다. 엄마가 나만 했을 때 겪은 일이라고 했다. 그동안 엄마가 했던 말들이 조금은 이해가 갔다. 하지만, 그래도…. 나는 내가 하고 싶은 걸 하고 싶다.

"넌 외할아버지를 닮은 것 같아. 아무도 그 고집을 꺾을 수 없었대. 물론 엄마도 외할아버지를 닮았지."

아빠가 피식 웃으며 안방으로 들어갔다.

식탁에 기대어 안방 문을 바라보았다. 엄마는 무슨 생각을 하고 있을까? 왜 한 번도 이런 얘기를 꺼내지 않았지? 우리는 가족이잖아. 그랬다면, 엄마를 덜 미워하고 더 많이 안아줬을 텐데….

며칠째 집이 조용하다. 엄마는 내 눈을 피했고 나도 엄마와 부딪치지 않으려 조심했다. 그렇다고 학원을 빼먹거나 하지는 않았다. 내가 먼저 한 약속이니까, 엄마가 어떤 결정을 내리든 그것만은 꼭 지키고 싶었다.

학원에서 돌아와 방문을 열었다. 가지런히 정리된 책상 위에 초코케이크가 놓여 있었다. 나는 조용히 뒤를 돌아보았다. 안방 문이 살짝 열려 있는 것만 같았다.

밤에 클라이밍 동영상을 보는데, 엄마가 문을 두드렸다. 쭈뼛거리며 들어오더니 빈 그릇 옆에 클라이밍 전단지를 내려놓았다.

"갔다 왔어, 거기. 안전하게 잘 해놨더라. 한 달만 다녀 봐."

"…뭐?"

"대신, 다치면 그날로 끝이야."

엄마는 더 할 말이 남았는지 자꾸만 입술을 오물거렸다.

"저번에는 미안했어."

그러고는 번개처럼 방을 나간다. 지금… 엄마가 허락한 거 맞지? 그렇지? 나는 두 손으로 입을 틀어막았다. 침대에 올라가 베개를 마구 두드렸다. 가슴 속에서 또 한 번 폭죽이 터져 나왔다.

"아, 진짜. 엄마아!"

나는 엄마에게 달려갔다.

당선소감 | 수이레

"혹시 수이레님 맞으신가요?"

"네! 제가 수이레입니다!"

이른 저녁, 당선 전화를 받았어요. 떨리는 목소리가 '솔'까지 올라갔지요. 심장이 쿵 떨어지더니 데굴데굴 굴러가네요. 휴, 제 심장은 먼지 쌓인 책장 밑에서 겨우 찾았답니다.

동화를 공부한 지는 꽤 되었지만 이렇다 할 결실이 없었어요. '나는 재능이 없는 걸까?' 스스로에게 끊임없이 질문했지요. 그 속에 갇혀 괴로워하던 때에 과거의 제가 찾아왔어요. 처음 동화를 시작하던 10년 전의 저였어요.

"재능이 없으면 어때? 쓰는 게 재미있으면 된 거잖아?"

맞아요. 저는 쓰는 게 좋았습니다. 재미있고 행복했어요. 욕심을 버리고 홀가분한 마음으로 글을 쓰던 어느 날, 한 아이를 만났습니다. 자신이 느낀 기쁨과 슬픔과 고민들을 털어놓으며 이렇게 말하더군요.

"아줌마도 그럴 때가 있었어요?"

"그러게. 나도 그런 때가 있었는데…. 몰라줘서 미안해."

어린이의 마음을 알아주고 싶습니다. 함께 웃고, 함께 울며 밤새 이야기 나누고 싶습니다.

저에게 기회를 주신 광주일보와 심사위원님 감사합니다.

동화라는 숲을 열어주신 고(故) 이영 선생님, 제가 숲을 헤맬 때 등불을 켜 주신 어린이책작가교실 정해왕 선생님, 항상 응원해 주는 화아반 글벗들 고맙습니다. 부족한 원고를 수없이 읽어주는 아들 환희와 동생이자 그림 작가인 김보영, 언제나 내 편인 가족들과 친구들에게도 사랑의 인사를 전합니다. 오래도록 어린이의 마음으로 살겠습니다.

심사평 | 김성범(동화작가)

"'클라이밍' 이야기 속으로…구성 · 문장 깔끔"

책상 위에 두툼하게 쌓인 응모작을 읽었다.

가족이야기, 학교생활 이야기가 주를 이뤘는데 아동문학답게 판타지도 꽤 많은 편수를 차지했다.

편편을 읽어가며 단편적인 생각들을 메모해 나갔다. 판타지 세상으로 다짜고짜 밀어 넣어 당황스러운 작품, 첫 문장부터 흡입력이 있어 잘 읽혔는데 어법에 어긋난 문장이 이야기의 흐름을 방해, 도대체 무슨 이야기를 하려고 하지? 등을 메모하며 읽었고 마지막까지 눈길을 끈 작품으로 '내 방에 사는 고양이', '쾅! 도장을 찍으면…', '터치!' 세 편이었다.

그 중에 '터치!'를 당선작으로 결정했다.

소재 찾기부터 클라이밍으로 남달랐고 엄마와 갈등을 무리 없이 해결해 내는 구성이었으며 문장도 깔끔했기 때문이다. 조금 아쉬웠다면 6학년이 될 때까지 외할아버지가 산악 등정 중에 돌아가신 까닭을 모르고 있었다는 게 작위적인 느낌이 들었다. 그럼에도 이야기 속으로 이끄는 힘과 가독성이 다른 작품에 비해 훨씬 높아 고민 없이 당선작으로 결정할 수 있었다. 당선을 축하드리고 이를 계기로 좋은 작품 많이 쓰기를 기대해본다.

국제신문

박동식

1975년 부산 출생
부산대학교 정치외교학과 졸업
시나리오 작가
2025년 《국제신문》 신춘문예 동화부문 당선

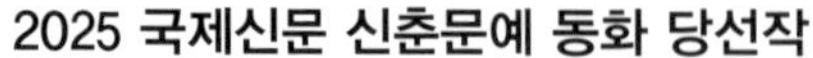

섬섬이의 등

박동식

오늘은 깰 수 있겠다!

소녀의 손가락이 스마트폰 화면을 탁탁탁 빠르게 두드렸다. 소녀는 온 신경을 집중해 '고양이 대작전' 13 스테이지를 플레이했다. 고개 숙인 소녀가 길가의 전봇대에 점점 가까워졌다. 머리를 찧기 직전, 소녀는 미끄러지듯 전봇대를 피했다. 마치 정수리에도 두 눈이 있는 것 같다. 소녀는 학원을 갈 때면 언제나 스마트폰 게임을 하며 여길 지나갔다. 소녀는 이 길에 '학원 가는 길'이라는 이름을 붙였다. '학원 가는 길'을 지날 때면 오늘처럼 고개를 한 번도 들지 않고 지나는 날이 많았다. 다른 일이 없다면 오늘도 그럴 것이다. 그런데 소녀가 빨간 벽돌의 담장 옆을 지나는 그때였다.

야옹.

소녀는 걸음을 멈추고 고개를 들었다. 담벼락 위에 앉은 하양, 노랑, 검정의 삼색 고양이. 아기라기엔 의젓하고 어른이라기엔 아직 작았다. 삼색 고양이는 우유 통에 풍덩 뛰어들었다 나와서는 카레 가루

위에서 이리저리 뒹군 듯한 무늬를 가졌다. 가슴에 있는 검정 나비넥타이 모양의 무늬 탓에 도도한 인상도 풍겼다. 소녀는 눈앞의 고양이가 너무 예뻐, 게임오버가 되는 줄도 몰랐다. 소녀는 한참 고양이를 바라봤다. 그러다 성큼 다가가 불쑥 손을 내밀었다.

"너 너무 예쁘다. 마음에 들어. 이름도 정했어, 섬섬이."

야옹.

마음대로 이름을 정하는 게 기분이 나빴을까. 섬섬이는 홱 돌아서더니 지붕 위로 훌쩍 뛰어올라 쌩하니 모습을 감춰버렸다. 소녀는 자신의 마음이 거절된 거 같아 속이 상했다. 동시에 섬섬이를 가지고 싶다는 생각이 몽클 피어올랐다.

소녀는 그날부터 매일 빨간 담장을 찾아가 섬섬이를 만났다.

"난 네가 내 친구가 되었으면 좋겠어. 어떻게 해주면 내 친구가 될래?"

섬섬이는 소녀가 손을 내밀기만 하면 지붕 위로 사라졌다. 소녀는 편의점에서 고양이 간식을 사서 빨간 담 아래 놓아봤다. 고양이 장난감도 사서 흔들어봤다. 아무 소용이 없었다. 그럴수록 섬섬이를 가지고 싶다는 생각은 더 불어났다.

어느 밤, 소녀는 어두컴컴한 '학원 가는 길'에서 섬섬이를 쫓았다. 아무리 뛰어도 섬섬이를 잡지 못했고 골목은 끝없이 이어졌다. 얼마나 달렸을까, 소녀는 번득 꿈에서 깼다. 하품을 하지 않았는데도 소녀의 눈가에는 눈물이 맺혀 있었다.

소녀가 섬섬이를 만나고 열흘이 되었다.

오늘도 소녀는 터덜터덜 빨간 담장으로 갔다. 그런데 소녀의 눈에 놀라운 모습이 보였다. 여기저기 꿰맨 누런 코트를 입은 할아버지가 빨간 담벼락 아래에 기대앉아 있었다. 그리고 할아버지의 허벅지 위에 앉은 섬섬이. 소녀는 한달음에 할아버지에게 달려갔다. 졸린 듯 반쯤 눈을 뜬 할아버지에게 소녀는 물었다.

"얘, 할아버지 거예요?"

"아니, 이 아이는 이 길이 낳고 기른 고양이란다."

소녀는 안도의 한숨을 내쉬고는 섬섬이를 향해 손을 뻗었다. 할아버지의 두 손이 섬섬이를 감쌌다.

"너구나, 얠 가지고 싶어하는 애가."

소녀는 할아버지가 어떻게 알까 의문이 생겼다. 계속 날 지켜봤던 걸까?

"꼭 이 고양이를 갖고 싶은 거냐? 다른 고양이는 안 되고?"

소녀는 고개를 끄덕였다. 할아버지는 옅은 미소를 지었다.

"하긴 바꿀 수 있다면 좋아하는 게 아니지. 그래서 이름도 벌써 붙인 거고. 섬섬이."

"예! 제가 붙인 이름이에요!"

할아버지는 섬섬이를 가만히 옆에 내려놓고는 일어섰다. 섬섬이는 가지런히 앞발을 모으고 얌전히 엎드렸다. 소녀에게 한 걸음 다가서는 할아버지의 몸이 살짝 기우뚱했다. 다리가 아프시구나, 소녀는 생각했다.

"섬섬이는 나랑 아주 친한 고양이야. 난 이 골목의 모든 고양이를 잘 알지."

소녀는 길고양이들에게 밥을 주는 어른을 몇 번 본 적이 있다. 할아버지도 그런 어른 중 한 명이라는 생각이 들었다.

"게임 좋아하지? 나랑 게임 하나 하자. 모레, 해가 지기 전까지 내가 내는 수수께끼를 네가 풀면 섬섬이를 주마."

소녀의 눈이 초롱초롱 반짝였다.

"무슨 수수께끼요?"

"아주 간단한 거란다. 섬섬이 등에 무언가를 얹기만 하면 돼. 이렇게."

할아버지가 주름살이 가득한 손을 섬섬이의 등에 얹었다. 섬섬이는 기분이 좋은지 골골하는 소리를 냈다.

"뭐든 좋아. 아주 가벼운 거라도."

할아버지가 머리 위로 뻗은 단풍나무를 향해 후하고 입김을 불었다. 그러자 손바닥 같은 빨간 단풍잎 하나가 떨어지더니 섬섬이의 등에 내려앉았다. 섬섬이는 단풍잎을 등에 얹은 채로 가만히 있었다. 할아버지가 단풍잎을 들어 소녀에게 건넸다.

"어렵지 않지? 어때, 해보겠니?"

소녀는 얼른 단풍잎을 받아 들고는 섬섬이의 등에 얹었다.

"됐다!"

소녀가 성공했다고 확신하는 순간, 섬섬이가 몸을 일으켰다. 매끈한 몸통이 목덜미부터 꼬리 근처까지 꿀렁였다. 마치 물결이 치는 것처럼. 단풍잎이 톡 떨어지자, 할아버지가 얄미운 미소를 지었다.

"다른 걸 올려보지 그래?"

소녀는 가방에서 연습장을 꺼냈다. 한 장을 찢어내 섬섬이 등에 올렸다. 꿀렁. 작은 지우개도 올려보았다. 꿀렁. 해가 뒷산으로 완전히

넘어갈 때까지 소녀는 가방 안에서 온갖 것들을 꺼내 섬섬이의 등에 올렸다. 그럴 때마다 섬섬이의 등은 꿀렁거렸다.

다음날, 소녀는 다시 할아버지와 섬섬이 앞에 섰다.

어제 가방 안에서 꺼낸 것들은 모두 실패했다. 소녀는 오늘 다른 걸 올려볼 참이다. '학원 가는 길'을 찬찬히 둘러보았다. 바닥에 포개 누워있던 노란 은행잎이 바람이 불자 몸을 일으키다가 까르르 구른다. 이제 보니 섬섬이를 만난 빨간 담장의 맞은편 집 마당에는 아름드리 은행나무가 서 있었다. 소녀는 은행잎을 주우려 허리를 숙였다. 그때, 빨간 꽃잎 하나가 미끄러지듯 발치에 다가왔다.

겨울 동백의 꽃잎이라는 걸 소녀는 몰랐지만 어쨌든 주웠다. 이젠 섬섬이의 등에 올릴 차례. 하지만, 은행잎도 꿀렁. 동백 꽃잎도 꿀렁. 소녀는 다시 '학원 가는 길'을 뛰어다니며 살폈다. 지붕 끄트머리에서 똑똑 떨어지는 반짝이는 물방울도, 골목길을 힐끔 내려다보며 파란 하늘을 지나가는 하얀 구름도, 까마귀가 급하게 친구를 만나러 가다 흘린 건가 싶은 까만 깃털도. 저건 등에 올릴 수 있지 않을까, 이건 어떨까? 그러다 소녀는 문득 생각했다. 섬섬이는 세 가지 색을 가지고 있는데 '학원 가는 길'은 알록달록 더 많은 색을 가지고 있다고. 그 순간, 생각지도 못했던 일이 벌어졌다. 갑자기 '학원 가는 길'의 풍경 전체가 소녀의 두 눈에 벅차게 뛰어들었다. 마술사가 보자기를 확 걷어 토끼, 비둘기를 짠! 하고 보여주는 마술 같았다. 소녀는 제대로 본 적 없던 길이 참 예쁘다고 느꼈다. 그러자 소녀의 머릿속에 이름 하나가 반짝 떠올랐다.

'알록달록 길'

소녀는 앞으로 '학원 가는 길'을 이렇게 부르기로 마음먹었다.

야옹.

어른 큰 걸음 정도 떨어져 앉은 섬섬이가 소녀를 올려다보았다. 섬섬이는 소녀가 골목길을 다니는 내내 졸졸 따라다녔다. 섬섬이와 가까워진 거 같아 소녀는 기뻤다. 소녀는 생각했다. 어쩌면 오늘 섬섬이의 등에 얹을 무언가를 찾을 수 있겠다고.

셋째 날이자 마지막 날, 할아버지와 섬섬이 앞에 선 소녀의 얼굴은 어두웠다.

어제 소녀는 즐겁게 섬섬이와 '알록달록 길'을 다녔다. 하지만 등에 무언가를 얹지는 못했다. 이제 곧 해가 질 텐데.. 소녀는 가방에서 종이 한 장을 꺼냈다. '섬섬아 좋아해'라고 소녀가 쓴 종이. 소녀는 할아버지에게 종이를 들어 보였다. 근데 어쩐 일인지 소녀는 할아버지의 시선을 피했다.

"…제 마음을 담은 종이예요."

소녀가 종이를 섬섬이의 등에 놓자 딱 얹혔다. 바람이 살짝 불었지만 흔들리지 않았다. 사실 소녀는 어제 늦은 밤까지 고민했다. 섬섬이의 등에 무얼 얹어야 할까, 어떻게 얹지. 결국 소녀는 마음을 적은 종이에 몰래 풀을 바르기로 했다. 등에 종이를 붙인 섬섬이를 소녀는 미안한 눈으로 보았다. 섬섬이는 몸을 배배 꼬며 종이를 물어 떼어냈다. 할아버지가 두 눈을 잔뜩 찌푸렸다.

"그건 붙이는 거지, 없는 게 아니잖아. 그리고 마음은 붙이는 게 아니야."

소녀는 더 다급해졌다. 소녀의 손이 단번에 섬섬이의 등을 움켜잡았다. 섬섬이가 버둥거릴수록 손에는 더욱 힘이 들어갔다.

야옹-.

섬섬이가 길게 울자 소녀는 움찔하며 손을 놓았다. 할아버지가 눈을 치켜떴다.

"그건 잡는 거지."

성난 할아버지의 얼굴이 불그스레한 노을빛에 물든다. 소녀는 등 뒤를 돌아보았다. 뒷산에 해가 살짝 걸쳤다. 소녀는 어쩔 줄 몰라 기도하듯 두 손을 맞잡았다. 맞닿은 손바닥엔 땀이 삐질삐질 났다. 열 발가락은 신발 안에서 꼼지락거렸다. 소녀는 할아버지 옆에 앉은 섬섬이를 내려다보았고 섬섬이는 물방울 같은 눈동자로 소녀를 올려다보았다.

야옹.

기운이 없는 섬섬이의 목소리를 듣자마자 소녀의 두 눈에 그렁그렁 눈물이 차올랐다. 눈물은 금방 볼을 쪼르르 타고 내렸다. 그러는 동안에도 해는 점점 더 뒷산 너머로 몸을 숨겼다. '알록달록 길'에 어둠이 내리기 시작했다. 소녀는 섬섬이 앞에 쪼그려 앉아 고개를 푹 숙였다. 할아버지가 다가섰다.

"왜 우는 거니? 섬섬이를 못 가져서?"

소녀는 고개를 가로저었다.

"섬섬이 목소리가 지쳤어요. 제가 괴롭혔어요. 어제처럼 섬섬이가 즐거워야 저도 행복한데..."

뜻밖의 대답에 할아버지는 놀랐다. 섬섬이의 발치에 소녀의 눈물이 방울방울 떨어졌다. 이미 해는 완전히 뒷산으로 넘어가 버렸다. 섬섬이가 소녀 앞으로 한걸음 다가왔다. 빤히 소녀를 보던 섬섬이가 갑자기 발랑! 뒤로 누웠다. 고양이가 마음이 편안할 때 보이는 행동이었다. 섬섬이는 등을 땅에 댄 채 소녀를 바라봤다. 젖은 구슬 같은 소녀의 눈도 섬섬이를 보았다. 할아버지가 무릎을 치며 웃었다.

"얹었네, 얹었어! 이 골목길, 온 동네를 통째 얹었어! 아니지! 이 지구를 얹었네! 하하하! "

소녀는 놀라 벌떡 일어났다. 가로등 불빛이 켜지며 '알록달록 길'이 환해졌다.

"자, 이제 약속대로 섬섬이는 네 고양이야."

소녀의 얼굴에 웃음이 떠올랐다가 금방 가라앉았다. 할아버지는 의아했다.

"왜? 싫어?"

할아버지에게 대답하는 대신 소녀는 섬섬이 앞에 다가앉았다.

'마음은 붙이는 게 아니야.' 할아버지의 말을 들은 후부터 소녀의 가슴에 맺히는 미안함이 있었다. 자신의 이름도 알려주지 않고 섬섬이에게 마음대로 이름을 붙인 일…

"내 이름은 은섬이야."

섬섬이라는 이름은 은섬이가 자신의 이름에서 좋아하는 글자를 따와 만든 이름이었다. 마음대로가 아니라, 마음을 담아 은섬이는 손을 내밀었다.

"내 친구가 되어줄래?"

야옹.

섬섬이가 은섬이의 손가락 끝에 볼을 비볐다. 할아버지가 넉넉한 웃음을 지었다.

"허허허, 좋다는구나. 섬섬이라고 부르는 것도."

"정말요?"

은섬이는 정강이에 볼을 비비는 섬섬이의 등을 가만히 쓰다듬었다. 은섬이의 손도, 섬섬이의 등도 편안했다.

은섬이는 섬섬이를 안고 가로등 아래에 섰다. '알록달록 길' 저편에선 할아버지가 둘에게 손을 흔들었다. 작별 인사를 마치고 걸음을 옮기던 은섬이 다시 뒤를 돌아보았다.

"할아버지! 우리 기념으로 셀카 찍어요! 할아버지?"

할아버지는 보이지 않았다. 할아버지가 서 있던 자리에는 털이 여기저기 빠진 늙은 치즈 고양이 한 마리만 보였다.

야옹-.

굵고 갈라지는 목소리. 치즈 고양이가 뒷다리를 살짝 절뚝이며 걸음을 옮겼다. 담장 아래 그림자로 들어가는가 싶더니 보이지 않았다. 마치 마술사가 보자기를 덮으면 무엇이든 사라지는 마술처럼 치즈 고양이는 모습을 감췄다. 이것도 '알록달록 길'의 마술일까. 은섬이는 의아한 얼굴로 섬섬이를 돌아보았다. 은섬이와 섬섬이 위로 사이 좋게 손을 잡은 가로등 불빛과 달빛이 사뿐사뿐 내려앉았다.

당선소감 | 박동식

그래, 나 거기 있었어!

당선을 알려주는 전화를 받은 후에야 추억의 조각이 폭죽처럼 터져 나왔다. 이십여 년 전, 국제신문사를 매주 찾을 때가 있었다. '국제문예 아카데미'(정확한 이름인지는 모르겠다)라는 강좌에서 글쓰기를 배우기 위해서였다. 작가님들이 말씀하신 세세한 가르침은 이제 기억나지 않는다. 그래도 수강생들이 발하던 열정과 부끄러움이 한데 뒤섞여 묘한 긴장감을 자아내던 강의의 분위기는 아직 또렷하다. 글쓰기의 막막함을 안주로 수강생들과 술잔을 기울이던 새벽과 강좌에 제출할 소설을 쓰느라 한숨으로 밝힌 여러 밤도. 막막함에 기대어 건너가는 시간이 있다는 걸 그때 배웠다.

계산과 계산이, 확신과 확신이 충돌하는 현장에서 글로 밥벌이를 했다. 내가 많이 침식됐구나… 몸과 마음이 신호를 보내기 시작할 무렵, 동화를 만났다. 등을 기대 숨을 돌릴 수 있는 어둑한 모퉁이, 딱 그랬다. 동화를 쓰고 싶다는 마음과 함께 막막함이 다시 찾아왔다. 연락이 끊겼던 친구가 돌아온 듯 반가웠다. 쓸 때마다 막막했고, 그래서 행복했다. 망설이고 서성인 기록의 일부를 들고 국제신문사를 찾았다. 젊은 막막함을 함께 해줬던 곳이라는 의식도 없이, 마치 당연하다는 듯. 그리고 그곳으로부터 당선이라는 새뜻한 막막함을 도로 받았다. 지금 내겐 여기까지의 과정이 참 동화 같다.

마술 같은 순간을 주신 국제신문과 심사위원님들께 먼저 감사를 드린다. 그리고 세상에서 가장 존경하는 부모님, 내 모든 글의 첫 번째 독자인 아내, 글 쓰는 아빠를 항상 응원해 준 두 딸, 밥벌이의 전장에서 옆을 맡길 수 있는 윤세진 작가님, 모두에게 깊은 고마움을 전하고 싶다. 아! 응모작에 결정적 영감을 준 우리집의 사고뭉치, 다섯 고양이에게도. 마지막으로 아스팔트 위에서 겨울을 나야 하는 모든 생명에게 이 계절이 몇 꼬집만큼의 여우볕이라도 더 뿌리길 기도한다.

심사평 | 송재찬 · 허명남 동화작가

사색적 문체 · 여러 각도 주제 탁월

동화 응모 열기가 뜨거웠다. 지난해보다 104편 늘어난 263편이었다. 전체적으로 새로운 이야기를 쓰려는 응모자의 새로운 기운을 느낀 작품이 많았다. 우주 이야기, AI와 사람 관계, 챗봇, 기후 위기 등을 독특하고 특이하게 쓴 작품이었다. 전체 수준은 상향 평준화됐으나 '이거다' 할 만큼 눈에 띄는 작품을 찾기 어려운 점이 아쉬웠다.

심사위원들은 열심히 읽고 10편을 골라 이야기를 나누고 다시 최종심에 4편을 골라 세심하게 살폈다. '경험 다운로드'는 홀로그램·인공지능과 연결된 스마트 안경을 소재로 한 동화이다. 새 소재와 이야기를 끌고 가는 힘은 있었으나, 단편 동화로 구성하기엔 큰 이야기여서 완성도가 약했다. '안녕, 아기 돌고래 뚜뚜'는 주인공의 엄마가 돌고래 조련사인데 사장의 요구로 혹독하게 훈련시키는 척하다가 바다로 돌려보내 주는 이야기이다. 그 과정이 쉽게 처리돼 설득력이 떨어졌다.

'이웃 지도 만들기'는 이웃에 대해 관심을 가지며 믿음을 키워가는 이야기이다. 구성이 치밀하지 못한 결점이 있었다. 그래서 경찰 아저씨를 이해하는 과정이 쉽게 끝나버렸다. '섬섬이의 등'은 길고양이를 입양하고 싶은 소녀와 고양이가 교감하는 이야기이다. 흔한 이야기 같지만 남달랐다. 소녀가 스스로 깨닫게 제시하는 문제의식이 특히 좋았는데 그 과정에서 요즘 보기 드문 기다림의 미학이 느껴졌다. 판타지를 현실감 있게 끌어가는 힘도 있다. 결말에 자연스러운 반전이 드러나 재미도 있고, 사색적이고 동화적인 문체와 여러 각도 주제를 품었다. 어린이와 어른이 함께 읽어도 좋을 동화이다. 심사위원 의견 일치로 당선작에 올렸다.

동아일보

나혜진

2002년 경기도 성남 출생
건국대학교 글로컬캠퍼스 동화한국어문화학과 재학
2025년 〈동아일보〉 신춘문예 동화부문 당선
dudu607@naver.com

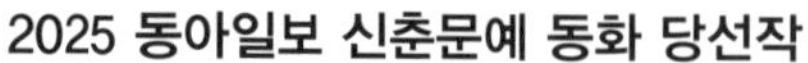

눈이 마주친 순간

나혜진

〈그 아이와 가장 처음 눈이 마주친 순간은 그 아이가 처음 반으로 들어올 때였다.〉

"김하은. 담임 선생님이 너 교무실로 오래."

나는 문득 저 아이가 학교에 온 지 이틀밖에 되지 않았다는 생각에 교무실이 어딘지 알려주기 위해 입을 열었다.

"알아."

무안하게도 그 한마디만 남기고 자리를 떠난 그 아이 때문에 어정쩡하게 열었던 입을 닫았다. 머쓱하게 두 눈을 깜빡이다 고개를 돌렸다. 전학 온 지 이틀 만에 이미 반에서 재수 없는 사람으로 찍힌 아이다웠다.

우리 학교는 꽤나 깊은 시골에 있다 보니 학기가 끝나는 시점에는 전학을 잘 오지 않는다. 사실 그냥 전학 자체를 잘 오지 않아 전교생이 서로를 안다고 해도 과언이 아닌 이런 곳에 새로운 전학생은 모두의 관심을 끌었다. 학교 안에서 자기들끼리만 노는 예쁘다고 유명한 선배들도 왔었으니 학교 전체가 아이를 구경하러 온 것이나 다름이 없었다.

그러나 모든 질문에 "어.", 아니면 "그래." 밖에 안 하는 아이에 빠르게 관심은 식어갔고, 남은 것은 재수 없는 사람이라는 뒷담화뿐이었다. 몇몇 친구들은 시골 학교라 무시하는 거 아니냐며 계속 투덜거리기도 했었다. 머쓱해하는 나를 본 친구들이 다 같이 몰려와서 아이에 대한 불평을 하길래 그냥 어깨만 으쓱해 주었다.

"뭐, 자기가 알아서 하겠지. 뭐."

그다음 수업이 이동수업이라 급하게 움직이다 보니 그 아이에 관한 생각은 곧 내 머릿속에서 사라졌다.

〈그 아이와 가장 처음 눈이 마주친 순간은 내가 처음 5학년 1반으로 들어갈 때였다.〉

5살 때부터 외국에 나가 살아서 그런가, 오랜만에 보는 한국은 나의 나라인데도 참 낯설고 어색했다. 미국에서 한글을 배우긴 했지만, 막상 주위에 영어가 아닌 한국어가 들려오자 웃던 얼굴이 굳고 대답이 자동으로 튀어나오지 않는 것은 어쩔 수 없는 일이었다.

그건 새로 가게 된 학교에서도 마찬가지였다. 반에 들어가기 전까지는 웃고 있었지만, 선생님의 들어오라는 한국어에, 들어가자마자 들려오는 웅성거리는 한국어에 안면근육은 점점 굳어만 갔다.

그래서 그런지 온 지 며칠이 되었지만 아무도 내게 말을 걸지 않았

다. 아니, 처음에는 나름 말을 많이 걸어주러 왔던 것 같다. 하지만 나중에는 가끔 와서 비웃는 무서운 언니들이 오는 것 말고는 아무도 다가오지 않았다. 알아듣기 너무 빠르고 어색한 한국어 사이에서 나는 너무도 외로웠다.

'야, 김하은. 담임 선생님이 너 교무실로 오래.'라며 낯선 내 이름이 들려왔을 때 나는 한 박자 늦게 고개를 들었다. 미국에서 사용하던 '에밀리'라는 이름이 갑자기 너무나도 그리워졌다.

내가 일어나자, 나를 부른 유사랑이라는 반장이 교무실이 어딘지 알려주려는 듯 말을 덧붙였지만, 나도 모르게 안다고 하고는 고개를 돌렸다. 사실 정확하게 알진 못하지만, 한국어로 들으면 더 헷갈려서 그랬던 것이다. 그리고 어제 이미 교무실 가보기도 했었기에 '어제 선생님을 따라왔던 길을 거꾸로 생각해서 가면 되겠지.'하고 일단 앞으로 나아갔다.

〈다시 눈을 마주쳤을 때 그 아이는 내 눈을 피했다.〉

"유사랑! 선생님이 하은이는 학교를 잘 모르니까 같이 다니라고 했잖니."

지금 이게 무슨 일일까. 친구들과 웃고 떠들다가 들려오는 목소리에 깜짝 놀랐다. 교무실을 안다고 한 그 아이는 담임선생님 뒤에서 안절부절못한 표정으로 나를 바라보고 있었다. 그 아이를 쳐다보자, 내 눈을 슬쩍 피했다.

"사랑아, 선생님 보지 않고 뭐 하는 걸까? 선생님이 말하고 있잖아, 지금."

변명이라도 해야 하나? 선생님께 그 아이가 교무실 가는 길을 안다고 했었다고 말씀드려야 하는데 입만 뻐끔거리고 목소리가 나오지 않았다. 나는 선생님들께 단 한 번도 혼난 적이 없었다. 항상 좋은 학생에, 좋은 반장이었는데. 선생님께 처음으로 혼난다는 것이 실감이 나질 않아 선생님 눈치를 보며 얼른 대답하라는 친구들의 손짓도 보이지 않았다.

"유사랑, 선생님 말을 아예 듣지도 않는구나. 이렇게까지 하고 싶지는 않았는데 오늘 방과 후에 청소하고 집에 가렴."

그 말과 함께 그 아이를 데리고 교실에서 나가버린 선생님의 뒷모습을 계속 멍하니 바라보았다. 눈앞이 흐려지며 차오르는 눈물에 고개를 숙이고 아랫입술을 잘근잘근 씹었다. 울지 않기 위해 최선을 다하였다. 이런 일로 울면 나만 우스워지리라. 아까처럼 그 아이를 험담하는 친구들의 말을 들으며 그저 고개만 숙이고 있었다.

〈다시 눈을 마주쳤을 때 나는 그 아이의 눈을 피했다.〉

'미안해.' 라고 말하고 싶었다. 잘못한 것은 나인데 왜 네가 혼나는 건지. 눈을 피하는 것이 아닌 사과를 해야 했다. 아니면 네 잘못이 아니라고 선생님께 말씀드리거나. 혼자 교무실에 갈 수 있다고 자만했다. 길을 잃어 점심시간까지 선생님을 찾아 학교 안을 헤매고 다녔다.

'유사랑, 선생님 말을 아예 듣지도 않는구나. 이렇게까지 하고 싶지는 않았는데 오늘 방과 후에 청소하고 집에 가렴.'

아이가 혼나게 된 것은 전부 나 때문이다. 나는 당황하여 멍하니 서 있다가 교무실로 돌아가는 선생님의 손에 이끌려 교실을 나와버렸다.

또 사과를 하지 못했다. 미안해, 미안해. 마음속으로 몇 번이나 그 아이에게 사과했다. 그 아이에게 나의 마음이 닿길 바라며.

"선생님, 반장은 잘못한 게 없어요. 제가 혼자 간다고, 교무실로 가는 길을 알고 있다고 했어요."

"사랑이는 선생님 말을 듣는 둥 마는 둥 하고 있어서 청소하게 된 거니까 걱정하지 말고 집에 가도 괜찮아. 선생님도 사랑이가 얼마나 좋은 아이인지 알고 있단다."

〈다시 눈이 마주친다면 내가 그 아이에게 먼저 웃어줄 수 있을까?〉

마지막 수업이 끝나고 우울하게 빗자루를 집어 들었다. 오늘은 지각한 사람도 없어서 나 혼자 이 넓은 교실을 청소하게 되었다. 반 친구들이 하나둘 나가는 걸 보니 한숨만이 쉼 없이 흘러나왔다.

"걔 그래도 양심은 있나 봐."

학원 때문에 도와주지 못하고 먼저 가서 미안하다고 우울해하는 친구가 빗자루를 꺼내고 청소하려는 그 아이를 눈짓했다. 나는 잠시 그 아이를 응시하다가 눈이 마주칠 것 같자 고개를 돌렸다.

간다며 인사하는 친구에게 마주 손을 흔들어 주고는 그 아이와 멀찍이 서서 청소를 시작했다. 그 아이가 없는 것처럼, 그 아이가 안 보이는 것처럼 묵묵히 청소만 해나갔다. 끝까지 함께 청소하겠다는 듯한 남아있는 그 아이 때문에 나중에는 오기가 생겨서 그 아이가 청소한 곳까지 아직 더럽다는 듯 그 위로 대걸레질을 한두 번 더 하고는 가방을 챙겨 반을 나왔다. 뒤에서 누군가 작은 목소리로 나를 부르는 목소리가 들리는 듯했지만, 그냥 무시하고 계단을 내려갔다.

〈다시 눈이 마주친다면 내가 그 아이에게 먼저 웃어주어야겠다.〉

"사랑아! 유사랑!"

그 아이를 여러 번 불러보았지만 내 목소리가 닿지 않았나 보다. 아이는 저 밑으로 먼저 내려가 버렸다. 그 아이가 한 발짝 걸을 때마다 나와 멀어지는 한 발짝이 그 아이와 나의 사이 같아 얼른 가방을 챙겨 뛰어내려갔다. 저 앞에 그 아이가 핸드폰을 보며 걸어가는 것이 보여 다시 한번 큰 목소리로 불렀지만 아이는 뒤돌아보지 않았다. 그래서 그 자리에 서서 고개를 숙이고 눈을 질끈 감은 채로 큰 소리로 외쳤다.

"네가 뒤돌아보고 싶지 않다면 그냥 말할게! 미안해! 나 때문에 너만 피해를 보게 된 것 같아. 미안해. 네가 용서해 주지 않아도 괜찮아…. 정말 미안해."

"왜 내가 길을 알려주겠다고 했을 때는 길을 안다고 했었어?"

바로 앞에서 들리는 말에 고개를 들어 바라보니 어느새 내 앞으로 다가온 아이가 나를 바라보고 있었다.

"내, 내가 한국어를 잘 몰라서. 네가 말하면 머리가 더 복잡해질 것 같았어…. 그리고 어제 이미 가봤으니까 갈 수 있을 거로 생각했어…."

"그러면 같이 가자고 할 수 있었잖아."

아이의 높낮이가 없는 말투 뒤에 붙은 짧은 한숨에 점점 더 불안해져서는 위축되어 눈동자를 아래로 내렸다.

"너는 한국 사람인데 미국에서 살았다고 한국어를 잘 몰라?"

"잘 모른다기보다는 아직은 어색해서 말이 빠르면 잘 못 알아들어. 천천히 말해주면 다 알아들을 수 있어."

내가 아이의 질문에 어색하게 웃으며 답하자 그 아이는 나를 빤히 바라보더니 내 손을 잡고 빠르게 걸었다.

"집 어디야? 같이 가자."

생각지도 못한 말에 놀람과 기쁨으로 얼굴이 붉어져만 갔다. 사과를 받아주는 걸까? 너무나도 기뻐 얼굴에 핀 웃음꽃이 사라지지 않았다. 나 스스로도 그게 너무 느껴져 표정 관리를 해야 하나 싶었지만 끝까지 내 얼굴에서는 웃음꽃이 만발하여 쉽게 지지 않았다.

그 말을 끝으로 그 아이와 나 사이에는 그 어떠한 대화로 오가지 않았지만 둘 중 누구도 먼저 손을 놓지 않았다. 손 한 번 잡았다고 무언가 그 아이와 엄청난 사이가 되어가는 것 같았다.

행복하면 시간이 빨리 간다고 하던가, 어제 혼자 걸을 때는 그렇게도 멀었던 집이 너무나도 짧았다. 어느새 그 아이와 나는 우리 집 앞에 도착해 있었다. 속상했다.

"내일 나랑 같이 밥 먹자."

지금까지 한없이 낯설었던 한국어였는데, 한국어인 이 한 문장이 미국에서 들었던 그 어떤 영어보다 좋았다. 내가 아무 말없이 아이를 바라보자 그 아이는 내가 알아듣지 못하게 무언가 중얼거렸다. 잘 들리지 않아 두 눈을 깜빡이고는 아이의 입술을 읽었다.

"……엄…청나게 좋아하네. 내일 학교도 같이 가든지…?"

입 모양을 유심히 보며 입술을 따라 읽다가 아이와 눈이 마주쳤다. 부끄러운지 아무것도 아니라며 집 가겠다고 뒤를 도는 아이에 얼른 잘가라고 한 손을 들어 좌우로 살살 흔들었다. 그 아이도 손을 들어 내가 답을 해주었다. 흔들리는 그 손을 눈동자로 따라가는데 우리의 손이 서로를 향해 한 번, 또 한 번 흔들릴 때마다 온몸에 한 번, 또 한 번 행복한 온기가 내 가슴 안에서 터져 나왔다.

멍하니 온기를 느끼다가 정신을 차리니 벌써 아이는 저 멀리 멀어져 있었다. 갑자기 아이가 사라질 것 같은 기분에 뛰어서 그 아이의 손을 잡고 말했다.

"내일 꼭 같이 학교 가자! 내일 보면 내가 너에게 먼저 웃어줄게!"

……그 순간, 내 앞에서 웃는 사랑이의 모습은 그 무엇보다 아름다웠다.

이제, 사랑이는 '그 아이'가 아니다.

〈나를 향해 예쁘게 마주 웃는 그 아이의 눈과 마주친 순간〉

이제 하은이는 '그 아이'가 아니다.

당선소감 | 나혜진

대학교 졸업을 위해 힘껏 달리다가 잠시 쉬며 누워있는 와중 갑작스레 걸려 온 전화였습니다. 원래 모르는 전화번호는 잘 받지 않는 터라 잠시 고민을 하고 받았는데! 당선이라니!! 전화를 받지 않으면 정말 후회할 뻔한 순간이었습니다.

이번 기회 덕분에 글을 쓰는 것에 대하여 자신감이 붙었습니다. 제 글이, 제 아이디어가, 제 상상력이 조금이라도 다른 사람에게 읽힐 수 있다는 것이 얼마나 설레는 일인지 알아버렸습니다. 항상 꽁꽁 제 품에만 안고 있던 다른 글들도 세상에 공개하고 싶어졌습니다. 앞으로도 좋은 글을 쓸 수 있도록 항상 노력하는 작가가 되겠습니다.

가족들이 정말로 행복해하였습니다. 그러한 가족들을 보는 저는 더욱 행복했습니다. 이렇게 저희 가족에게 갑작스럽고 행복한 새해 선물을 주신 심사위원분들께 감사드린다고 말씀드리고 싶습니다. 정말 감사드립니다.

또한, 동화 내용부터가 우정에 대한 동화이므로 이 소식을 1월 1일에 들을 친구들에게도 축하해주는 것에 대한 감사의 말을 미리 적어두도록 하겠습니다. 얘들아, 이게 나야. ……장난이고 너희가 있어서 우정에 대한 동화를 쓸 수 있었고 덕분에 신춘문예 당선이라는 엄청난 명예를 얻을 수 있었어. 고마워.

우정.

제가 정말로 사랑하는 단어입니다. 지금까지 걸어온 삶에도, 앞으로 걸어갈 삶에도 절대 빼놓을 수 없는 단어이며 그만큼 집착하는 단어입니다. 항상 이 단어와 함께 할 수 있길 바라며 언제나 옆에 있어주는 모든 분들께 감사의 말씀을 올리고 글을 줄이겠습니다. 감사합니다.

심사평 | 노경실(동화작가) · 원종찬(아동문학평론가)

광화문 그 넓은 거리를 바삐 걸어가든, 동네 아파트 벽 사이를 느릿느릿 걸어가든 어지러움이 쉬이 가라앉지 않는 시절이다. 그러나 눈으로 한 줄 한 줄 읽어내려가는 이 길을 걸어가다 보면 세상 구석구석에 묻혀 있거나 가려진 삶의 아름다움과 존재의 이유를 만나는 기쁨을 누릴 수 있다. 피투성이 같은 인생이라도 살아 있어야 하는 근거를 발견하기도 한다. 그래서 신춘문예 심사는 우리 스스로에게 축복의 시간이기도 하다.

올해에도 300여 편의 작품을 만났다. 치열한(?) 경쟁률만큼이나 작품의 수준도 늘 날카롭다. 아쉬움 속에 많은 작품을 내려놓고 우선 4편을 골랐다. '무심코 유죄!'는 무심코 던진 돌멩이로 개구리에게 피해를 준 소년의 죄과를 묻는 재판 모습을 그린 것으로 세상의 상호관계로 말미암아 피해자들이 연쇄적으로 늘어나면서 난센스 풍의 과장과 엉뚱하면서도 재기발랄한 재판 모습이 독특했다. '개미와 물소 마루'는 서로 전혀 다른 상황 속에 놓인 두 존재가 우연히 만나서 대화하는 장면이 인간의 삶과 연결되면서 선명한 대비의 효과로 즐거움을 준다.

또 '급식 대장'과 '눈이 마주치는 순간'은 다문화 시대의 소통 문제와 관련된 시의적절한 주제를 다루었다. 다만 '급식 대장'은 오해가 해프닝에 가까운 데 비해, '눈이 마주친 순간'은 어긋남에서 비롯된 두 아이의 내면의 변화를 잘 포착한 것이 장점이 되었다.

그래서 '눈이 마주친 순간'이 완성미와 이야기의 풍성함은 부족하지만, 글쓴이의 사람에 대한 진지한 태도와 작가의 길을 단단하게 걸어갈 가능성에 무게를 두고 당선작으로 택했다.

매일신문

유 두 진

1973년 서울 출생

2012년 머니투데이 경제신춘문예 소설 당선

2023년 장편소설 〈그 남자의 목욕〉 세종도서 교양부문 선정

2025년 《매일신문》 신춘문예 동화부문 당선

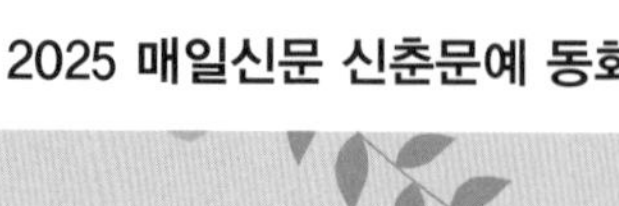
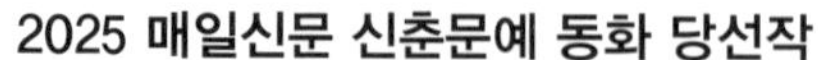

고양이 119

유두진

사촌 형네 집에 가기 위해 버스정류장으로 향했다. 중학생인 사촌 형은 건넛마을에 산다. 그리 멀진 않지만 걸어서 가기는 힘든 거리다.

버스정류장에 도착했다. 그런데 어? 뭔가가 보인다. 정류장 의자 위에 고양이 한 마리가 웅크리고 있다. 나는 눈을 비비며 고양이한테 초점을 맞췄다. 그러는 사이 한 아줌마가 고양이 쪽으로 다가갔다.

"야옹아, 너 어디 아프니?"

아줌마가 물었다. 검은 털에 초록색 눈망울을 가진 어른 주먹만 한 아기 고양이였다. 가끔씩 내뱉는 야옹, 소리가 너무 가냘프다. 많이 아픈가 보다. 저 몸으로 어떻게 의자에 올라갔는지 신기할 정도다. 그나마 다행인 건 아줌마가 아픈 고양이에게 관심을 보인다는 거였다.

"이렇게 귀엽게 생긴 애가 왜 여기서 떨고 있어."

아줌마가 고양이의 등을 쓰다듬으며 말했다.

잠시 후 버스가 도착했다. 버스 번호를 확인한 아줌마가 고양이를 그냥 둔 채 버스에 올랐다.

'어? 그냥 가시는 건가.'

나는 아줌마의 뒷모습을 멍하니 바라보았다.

아줌마가 떠난 이후에도 오가는 사람 몇몇이 고양이에게 관심을 보였다. 귀엽다며 사진을 찍어가는 사람도 있었다. 하지만 직접적으로 도움을 주는 사람은 없었다.

몇 분 뒤 내가 기다리던 버스가 도착했다. 마음에 갈등이 일었다. 지금 버스를 타면 사촌 형과 보드게임을 할 수 있다. 하지만 이대로 가면 고양이는…. 이렇게 작고 약한 녀석인데, 어쩌면 죽을 지도 모른다. 승강장에 서서 계속 고양이를 돌아보았다.

"탈 거니 안 탈 거니?"

기사 아저씨가 물었다. 결국, 나는 버스에 오르지 않았다. 버스가 떠나자 고양이에게 가까이 다가갔다. 녀석의 꼬리는 축 늘어져 있었다.

'어떻게 하지….'

고민하다 보니 문득 사회시간에 배운 내용이 떠올랐다. 지역마다 야생동물을 보호하는 단체가 있다고 했다. 휴대폰으로 우리 지역 동물보호협회를 검색해 보았다. 다행히 번호가 있었다. 곧바로 전화를 했다.

"버스정류장에서 아픈 고양이를 발견했어요."

내 말을 들은 협회 직원의 대답은 그러나 떨떠름했다.

"고양이요? 우리는 버려진 개들만 취급해서요."

"개만요?"

약간 당황스러웠다. 개와 고양이를 구분 지어 보호한다는 게 뭔가 아쉬웠다.

"번호 알려줄 테니 구청에 문의해 보세요."

협회 직원이 짧게 말했다. 나는 받아 적은 구청 번호로 전화를 했다.

띠리리링, 띠리리링.

신호가 여러 번 갔지만 받지 않았다. 점심시간이어서 연결이 되지 않는다는 안내음성만 들려왔다.

'그냥 가버릴까….'

난감했다. 하지만 그럴 순 없었다. 처음부터 모른 척했다면 모를까, 이미 발을 들여놓은 이상 뭔가를 해야 했다. 다시금 고양이를 바라보았다. 녀석의 여린 눈망울을 보니 느닷없이 아라가 떠올랐다.

2년 전이었다. 아라네 가족이 우리 집 근처로 이사를 온 것은…. 아라는 갓 돌을 지난 아기였다. 위로 네 살 된 오빠 지훈이가 있었다. 아라를 처음 봤을 때 무슨 아기요정이 내려온 줄 알았다. 눈은 꿈꾸는 듯 반짝거렸고 볼은 터질 듯 포동포동했다. 아라는 낯선 사람이 안아도 방실방실 잘 웃었다. 아라 엄마는 동네 사람들에게 "우리 아라 좀 보세요. 정말 예쁘죠?"라고 자랑을 하곤 했다.

얼마 후 나는 아라의 출생과 관련한 이야기를 듣게 됐다. 아들 지훈이는 친자식이지만 딸 아라는 입양한 자식이라고 했다. 사랑으로 아이를 거뒀다고 했다.

"세상에나, 정말 착한 가족이네."

"그러게. 입양은 가슴으로 아이를 낳는 거라던데."

우리 부모님은 아라네 가족을 칭찬하느라 시간 가는 줄 몰랐다.

구청과 통화하는데 실패한 나는 다시금 휴대폰을 켰다. 현 상황에서 믿을 곳은 역시 119였다.

"네, 소방서입니다. 무엇을 도와드릴까요?"

수화기 너머로 친절한 목소리가 들려왔다. 구급대원 아저씨에게 상황을 설명했다. 버스정류장에서 죽어가고 있는 고양이를 발견했다고, 도와달라고 했다. 내 설명을 들은 구급대원 아저씨의 목소리에 곤란함이 묻어났다.

"저기… 최근엔 야생동물 구조를 하지 않고 있어서요."

"왜요?"

"사람 구조하는 일에만 집중해도 인원이 모자라거든요. 미안합니다."

아저씨가 이해를 구했다.

'어떡하지….'

나는 애가 탔다. 어린 고양이는 죽어가는 데 도움받을 곳이 마땅치 않았다. 어쩔 수 없이 전화를 끊으려는데, 구급대원 아저씨가 나를 불렀다.

"저기요. 잠깐만요."

"네?"

"우리 소방서와 협력하고 있는 동물병원이 있는데, 그곳 연락처라도 알려줄까요?"

"네."

가방에서 수첩을 꺼낸 후 번호를 받아 적었다. 급히 적어서 끝번호가 '7'인지 '1'인지 약간 헛갈렸다. 동물병원의 연락처를 다시금 살펴보는 와중 지잉지잉, 휴대폰이 울렸다.

"안 오고 뭐해? 게임하려고 다들 모여 있는데."

사촌 형이었다.

"지금 버스정류장인데, 고양이가 많이 아파서…. 죽을지도 몰라."

나는 현재 상황을 짧게 설명했다.

"고양이? 너 고양이 안 키우잖아."

"정류장 의자에서 발견한 새끼 고양이야. 근데 너무 불쌍해서…."

"그럼 119에 신고하고 빨리 와."

"신고했어."

"그런데?"

"119에선 고양이 구조를 하지 않는대."

내 말을 들은 사촌 형이 답답해하며 목소리를 높였다.

"야, 그냥 자연에 맡겨. 죽을 때 돼서 죽는가 보다 생각하라고."

"그건 좀…."

"그렇게 길가에 널브러진 동물은 수 없이 많아. 불쌍하다고 네가 다 살려줄 거야?"

"……"

나는 마땅한 대답을 찾지 못했다. 사촌 형의 말도 맞는 말 같아서였다.

아라를 다시 본 건 동네 키즈카페에서였다. 아라 엄마가 아라와 지훈이를 데리고 그곳에 왔다. 그런데 뭔가 좀 이상했다. 아라 엄마는 지훈이하고만 놀았다. 레일기차도 지훈이하고만 탔고 공놀이도 지훈이하고만 했다. 아라는 소파 위에 눕혀 놓은 채 쳐다보지도 않았다. 자다가 깬 아라가 울음을 터뜨렸다. 아라 엄마는 들은 척도 하지 않았다. 보다 못한 내가 아라를 안아주었다. 아라는 처음 봤을 때보다 볼살이 홀쭉해 있었다. 얼굴색도 누렇게 떠 있었다.

그날 저녁, 엄마한테 말했다. 아라가 좀 이상하다고, 얼굴빛이 누렇다고.

"아, 그거? 아라가 이유식을 먹다가 약간 체했다고 하더라고. 어제 아라 엄마한테 들었어."

엄마가 별 일 아니라는 듯 말했다. 엄마는 아라 엄마를 좋게 평가했다. 입양이라는 쉽지 않은 길을 택한 훌륭한 사람이라고 했다. 아라 엄마는 동네 사람들과 마주칠 때마다 밝게 인사도 잘했다. 그래서 평판이 좋았다.

'그렇구나….'

나는 신경 쓰지 않기로 했다. 아라는 아라 엄마가 알아서 잘 키우겠지, 라고 생각하기로 했다. 하지만 아라네 집 앞을 지날 때마다 아라의 울음소리가 들려왔다. 아라 엄마의 고함소리도 새어 나왔다. 난 그냥 지나쳤다. 상관할 일이 아니라고 생각했다.

사촌 형과 통화를 마친 후 다시금 고양이를 살펴보았다. 세상을 구경한 지 얼마 안 된 녀석이었다. 자연의 이치에 맡기기엔 뭔가 억울한 생명이었다. 구급대원 아저씨가 알려준 동물병원으로 전화를 했다. '없는 국번이거나 잘못거신 번호입니다' 메시지가 나왔다. 끝자리 7을 눌렀는데 틀린 번호인가 보다. 1로 수정해 다시 눌렀다.

"네, ○○동물병원입니다."

간호사 누나가 전화를 받았다. 맞는 번호다. 나는 또박또박 상황을

설명했다. 버스정류장에서 어린 고양이가 죽어가고 있다고 했다. 말을 들은 간호사 누나가 구조하러 오겠다고 했다. 나는 안도의 한숨을 쉬었다. 이젠 사촌 형한테 갈 수 있다. 하지만 간호사 누나가 덧붙인 '한 시간 뒤 도착'이라는 말이 발목을 잡았다.

"네에? 한 시간이요? 무슨 구조가 한 시간이나 걸려요?"

"몇 군데 들렀다 가야 해서 어쩔 수 없네요."

"죄송한데 좀 더 빨리 오실 순 없나요. 저도 지금 버스를 타야 해서요."

"목소리가 어리네요. 혹시 학생인가요?"

"네, 초등학교 6학년이에요."

"그럼 주변에 고양이를 맡아줄 만한 어른은 안 계신가요?"

"버스 타느라 다들 바쁘세요. 맡길 만한 가게도 안 보이고…."

나는 말끝을 흐렸다. 간호사 누나가 '학생도 바쁘면 그만 가보라'고 했다. 대신 '버스정류장 번호와 고양이의 모습을 사진으로 찍어서 문자로 보내주면 찾는데 도움이 되겠다'고 했다.

통화를 마친 후 버스정류장 번호와 고양이의 모습을 사진으로 찍어 간호사 누나에게 보냈다. 1분 후 '확인했음'이라는 답이 왔다.

'이 정도면 됐겠지?'

나는 이제 버스를 타기로 했다. 더는 고양이에게 신경을 쓰지 않기로 했다. 그런데 그게 쉽지 않았다. 오가는 사람들이 고양이를 귀찮게 하기 시작했다. 사람들이 고양이를 툭툭 만지작거렸다. 어떤 형과 누나는 집어 들기도 했다.

"오빠, 이 고양이 봐봐. 귀엽지? 데려갈까?"

"글쎄, 너무 약해 보이는데? 잘 움직이지도 못하고…."

의견을 나누는 그들 옆으로 버스가 들어왔다. 내가 기다리던 버스였다. 나는 버스에 오를 수가 없었다.

"이 고양이 아파요. 지금 응급차가 오고 있어요."

만지지 말라고 손을 저으며 말했다. 형이 표정을 찡그렸다.

"거봐, 아프다잖아. 괜히 데려갔다가 골치만 썩을 뻔했네."

형과 누나가 버스정류장을 벗어나자 나는 다시 고민에 빠졌다. 이렇게 뒀다간 동물병원에서 고양이를 못 발견할 수도 있었다. 사람들이 집어 갈 수도 있으니 말이다. 가방에서 포스트잇을 꺼냈다.

[병원에서 데려갈 고양이입니다. 만지지 마세요]

연필로 적은 후 고양이 옆에 포스트잇을 붙였다. 그러나 곧 떨어졌다. 포스트잇의 끈끈이가 연말의 강한 바람을 당해내지 못해서였다. 걱정스레 고양이를 살펴보았다. 찬바람을 맞은 녀석이 몸을 파르르 떨었다. 안타까웠다. 동물병원에 다시 전화했다.

"좀 더 빨리 오실 순 없나요?"

"지금 서두르고 있어요. 그래도 시간은 좀 걸릴 것 같아요."

"고양이가 많이 추워해요."

"그러면 박스라도 구해서 바람을 막아줘요."

간호사 누나가 말했다. 전화를 끊고 주변을 둘러보았다. 길 건너편에 박스 줍는 할머니가 계셨다. 건너가 중간 크기의 박스를 구했다. 겉면에는 [고양이 만지지 마세요]라고 크게 적었다. 다시 정류장으로 돌아와 고양이를 살펴보았다. 고양이는 계속해서 몸을 쪼그리고 있었다.

"춥지? 안 춥게 해 줄게."

나는 조심스럽게 고양이를 들어 올렸다. 너무 가벼웠다. 그래도 체온은 따뜻했다. 고양이를 박스에 넣고 [고양이 만지지 마세요] 문구가 잘 보이도록 박스 방향을 잡았다. 이제 고양이를 위해 더 할 일은 없을 것 같았다.

"잘 있어. 난 이제 가볼게."

고양이한테 작별 인사를 한 뒤 버스가 오는 쪽으로 고개를 돌렸다.

아라가 죽었다는 소식을 들었을 때, 나는 입술을 깨물며 고개를 돌렸다. 아라는 머리에 멍이 든 상태로 병원에 실려 왔다가 뇌출혈을 일으켰다고 했다. 쓰러진 옷장에 부딪혔다는 게 아라 엄마의 주장이었지만 경찰은 수사를 멈추지 않았다. 결국, 아라 엄마가 범인임이 밝혀졌다. 시도 때도 없이 아라를 때리고 괴롭혔다고 했다.

'그때 신고했어야 했는데….'

나는 머리를 감싸 쥐었다. 아라의 죽음에 내 책임도 있는 것만 같았다. 아라가 힘든 상황에 놓여 있다는 걸 알았지만 남의 일이라고 생각하며 모른 척했다.

아라가 하늘나라로 떠난 후 나는 아라네 집 앞을 지날 때마다 괴로움을 느꼈다. 포동포동했던 아라의 볼살이 계속 떠올라서였다. 어리디 어린 생명을 지켜주지 못한 것이 너무나도 미안했다.

기다리던 버스가 오고 있었다. 승강장 쪽으로 한 걸음 다가섰다. 그때였다. 고양이가 울기 시작했다. 갑자기 박스에 갇히니 무서운 모양이었다.

야옹야옹!

소리는 작았지만 또렷했다. 나는 버스에 오르려다 발을 멈췄다. 기사 아저씨가 나를 물끄러미 내려다보았다. 망설이다 다시 버스를 떠나보냈다.

'그래 함께 있자!'

병원차가 올 때까지 고양이 곁을 지키기로 했다. 돕기로 했으면 끝을 보기로 했다.

고양이가 무서움을 떨치지 못한 듯 계속 울어댔다. 나는 오른손으로 고양이의 머리를 쓰다듬어 주었다.

"무서워하지 마. 이제 곧 병원에서 올 거야."

부드러운 손길을 느낀 고양이가 점차 울음을 그쳤다. 하지만 추운지 몸을 계속 떨었다. 왼손으로 고양이의 등을 어루만져주었다. 작은 몸이 손에 쏘옥 들어왔다. 내 손의 따뜻함을 느껴서였을까. 고양이의 떨림은 차츰 연해졌다.

'다행이다.'

나는 괜스레 차오르는 눈물을 참으며 계속해서 고양이를 쓰다듬어 주었다. 멀리서 주황색 동물병원차가 달려오고 있었다.

당선소감 | 유두진

몇 해 전, 김장을 도와드리러 어머니 집을 방문할 때였습니다. 버스정류장 의자 위에 아기 고양이 한 마리가 웅크리고 있었습니다. 죽어가는 어린 생명이 안타까워 여러 기관에 전화를 넣었지만, 도움받을 방법이 마땅치 않았습니다. 마지막으로 연락이 닿은 동물병원의 구조를 기다리며 고양이 옆을 지켰습니다. 연신 울리는 휴대폰 벨 소리, "왜 안 와, 바빠 죽겠는데!" 어머니가 호통을 치시더군요. 어머니껜 죄송했지만 제가 하는 행동이 '착한 짓'이라고 생각했습니다. 살면서 나쁜 짓도 해봤지만, 당시 제가 했던 행동은 분명 착한 짓이었습니다. 어머니의 부아를 긁게 한 건 나쁜 짓에 가까울지 몰라도요.

당시 경험을 토대로 동화를 썼습니다. 생각보다 쭉쭉 진도가 나가더군요. 하지만 중간에 삽입한 아라의 이야기가 발목을 잡았습니다. 아라의 이야기는 4년여 전 온 국민을 충격에 빠뜨렸던 입양아학대사건에서 모티브를 얻었습니다. 갑자기 집필이 괴로워졌습니다. 당시 유행했던, 그러나 제게는 별로 와닿지 않았던 '지켜주지 못해 미안해'라는 구호가 새삼 떠오르며 가슴을 할퀴었습니다. 그래서 이 자리를 빌려 다시금 말하고 싶습니다.

'아가야, 지켜주지 못해 미안했어.'

소설가로 먼저 데뷔했지만, 동화작가 역시 저의 오랜 꿈이었습니다. 소설 좀 써봤으니 얼렁뚱땅 동화책도 낼 수 있지 않을까? 안이한 생각을 한 적도 있습니다. 하지만 동화 분야 역시 엄격한 프로의 세계였으며, 합당한 자격을 요구한다는 걸 알게 되었습니다. 이후 저는 초심으로 돌아가 여러 동화공모전에 도전했습니다. 역시 쉽지는 않더군요. 내가 이것밖에 안 되나…. 자책할 무렵 매일신문사의 연락을 받았습니다. 단비 같은 전화였습니다. 다시금 감사드립니다. 몇 해 전 제가 했던 '착한 짓'에 대한 응답이라고 생각하겠습니다.

심사평 | 황선미(동화작가)

매우 다양한 소재를 살펴볼 수 있는 시간이었다. 미래 세계 판타지, AI 문제, 성적 스트레스 등은 동화의 단골 소재라 할 만큼 이번에도 많은 편이었다. 20대 응모자가 적은 편이었고 중장년층 응모자가 많았는데 이는 동화에 대한 관심이 전 연령대로 확장됐음이기도 하고 은퇴 전후 세대가 새로운 활동 무대로 동화 창작을 주목한 것으로도 보인다.

이번 심사에서 눈여겨볼 점은 다문화 가정에 대한 인식과 북한 이탈 주민 소재를 다루는 양상이 달라진 점이었다. 우리 사회에서 소외당하는 존재를 안쓰럽게 바라보고 포용의 미덕을 강조하던 기존의 방식 혹은 보호의 대상으로 그려내던 방식이 그들을 평범한 대상으로 묘사하는 태도는 반가운 진일보로 보인다. 북한에서 생산된 제품이 쓰레기로 남한에 떠밀려 와서 환경문제를 언급하는 이야기도 전에 없던 방식이라 흥미로웠다.

140여 편이 넘는 작품 중에서 20여 편을 고르고 최종 5편을 후보로 올렸다. 그중에 '고양이 119'와 '적당한 아이의 적당하지 않은 하루'를 두고 고심했다. 두 작품 모두 제목에서부터 시선을 끌었다. 그리 대단치 않은 일상에서 주목한 소재라는 점도, 소위 큰 문제라고 보기 어려운 일상성에서 이야기를 찾아내고 인물을 성장시킨 점도 비슷했다.

'적당한 아이의 적당하지 않은 하루'는 능청과 서사 전개 감각이 좋은 작품이었다. '적당히'만 하면 사는 게 편하다 믿었던 주인공이 '하필이면'으로 엮인 상황 때문에 타인과 교감하고 새로운 감정을 배우는 과정이 미더워서 앞으로의 활동이 기대된다.

'고양이 119'는 정류장에 남겨진 새끼 고양이 때문에 이러지도 저러지도 못하는 주인공을 통해 매뉴얼의 사각지대 혹은 관심을 보이면서도 정작 책임은 지지 않으려는 주변 상황을 잘 그려냈다. 우리의 이중성을 은근히 꼬집는 시선이 흥미롭기도 하고 고양이를 집으로 데려가는 등 섣부른 감정을 남발하지 않은 점도 공감할 만했다. 이 작품의 미덕은 감상에 매달리지 않고도 소수자의 편이 되어주는 점, 책임을 지는 태도에 있다. 앞으로도 진득한 작품을 쓸 수 있는 작가라는 신뢰감으로 이 작품을 수상작으로 결정했다.

무등일보

이지현

2002. 1. 31 출생. 부산광역시 사상구
단국대학교 문예창작과 재학 중
2025년 《무등일보》 신춘문예 동화부문 당선

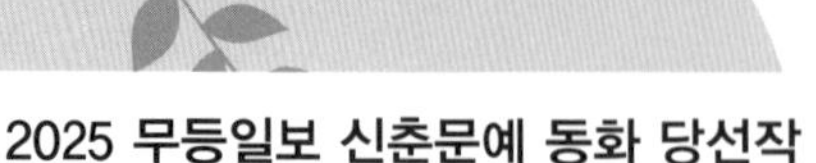

못해요 리스트

이지현

"상희는 다 잘하잖아."

상희 주변으로 친구들이 동그랗게 모여들었다. 허리를 숙여 책상 끄트머리에 기대곤 모두 상희의 활동지를 바라봤다.

"잘하는 게 많아서 어떤 직업이든 다 잘해 낼 거야."

친구들이 쉬지 않고 입을 재잘거렸다. 그 속에서 상희는 아무 말 않고 연필만 쥐고 있었다.

"너무 많아서 하나를 못 고르겠어?"

머뭇거리는 상희를 본 미환이 물었다. 상희 활동지의 장래 희망 칸은 텅 비어 있었다. 상희는 애꿎은 연필만 뗐다 붙였다 반복했다. 그러자 미환은 본인 책상 서랍에서 공책 하나를 꺼내더니 표지를 열고는 첫 장에 〈잘해요 리스트〉를 적었다.

"너가 잘하는 걸 하나씩 적어 보자! 그럼 고르기가 더 쉽지 않을까?"

상희가 무엇을 잘하냐면……. 신난 친구들이 미환 주변을 둘러쌌다. 그림 그리기, 밥 많이 먹기, 피아노 치기, 리코더 불기, 이야기 들어주기, 노래 부르기, 골 넣기, 바르게 글씨 쓰기. 끝이 없는 계주를 뛰듯 친구들의 말은 끊이지 않았다. 하지만 상희는 그들의 바통을 이어받기는커녕 여전히 활동지를 쳐다보고만 있었다. 턱을 손으로 받치고 심각한 결정이라도 하는 듯 미간을 찌푸렸다.

"치, 뭐가 그리 어렵다고? 아무렇게나 하나 적어내면 되지."

나는 그런 상희가 배부른 고민을 하는 것처럼 보였다. 나는 잘하는 것도 하나 있을까 말까인데. 잘하는 것도 많으면서! 왁자지껄한 사이 상희의 특기를 적은 〈잘해요 리스트〉는 어느새 한 장이 꽉 채워지는 중이었다. 나는 내 활동지를 바라봤다. 텅 빈 장래 희망 칸이 유난히 하얘 보였다. '나는 잘하는 게 뭐지…….' 내 마음을 더욱 공허하게 만들었다.

"이 정도면 됐겠지?"

열심히 친구들 말의 속도를 따라가며 움직이던 미환이 손을 멈췄다. 여기 있어, 미환은 〈잘해요 리스트〉를 상희에게 건넸다. 상희가 〈잘해요 리스트〉의 표지를 넘겼다. 미환의 땀에 젖은 종이는 쭈글쭈글해져 있었다.

"고마워."

상희는 도로 표지를 닫아 옆에 내려놓았다.

"내가 읽어 줄까?"

미환이 묻자 상희는 고개를 저었다. 미환은 물음표가 가득 담긴 표정을 지었다. 그래도 열심히 적었는데 읽어봐, 주변 친구들도 상희의 반응에 놀란 건 마찬가지였다.

"나중에 읽어볼게."

상희는 다시 턱을 괴곤 활동지만 하염없이 바라봤다. 친구들의 특기 주고받기 경기는 드디어 끝이 난 듯했지만, 그 누구도 행복해하지 않았다. '잘하는 게 너무 많아서 읽기 귀찮다, 이거지?' 잘난 체하는 상희가 잘하는 게 많다는 사실이 불공평하게 느껴졌다.

수업이 끝나기 오 분 전, 빈칸을 채워 넣고 우주비행사, 유튜버, 축구 선수, 소설가, 과학자가 된 친구들이 본인의 장래 희망을 자랑했다. 제 스타일대로 다양하게 입은 친구들의 옷이 꼭 유니폼처럼 보였다. 나는 비싼 카메라로 내 일상을 재밌게 찍어서 유튜브에 올릴 거야, 라며 미환이 자랑하자 맞아, 너는 말을 되게 잘하니까 100만 구독자는 금방일걸, 하며 친구들이 되받아쳤다. 그렇게 한 친구가 나는, 하며 소망을 말하면 다른 친구들은 맞아, 너는 잘하니까 하며 맞장구치기를 반복했다. 나는 여전히 지웠던 연필 자국만 가득한 칸을 바라봤다.

"뭐야, 상희 너 아직도 못 적었어?"

상희는 서둘러 활동지를 두 손으로 가렸다.

"학교 마칠 때 활동지 내야 하잖아. 그냥 〈잘해요 리스트〉에 있는 거 보고 아무거나 적어."

친구들이 다시 상희 주변에 동그랗게 모였다.

"싫어."

상희가 나지막하게 말했다.

"잘하는 게 너무 많아서 못 정하겠지? 걱정 마, 내가 도와줄게."

상희의 대답을 듣지 못한 미환이 옆에 놓인 〈잘해요 리스트〉를 집어 들었다.

"너는 그림도 잘 그리고……."

"그만하라니까!"

상희가 자리에서 박차고 일어났다. 순간 반에는 정적이 흘렀다. 직업을 가졌던 친구들 모두 학생으로 돌아왔다.

"봐봐, 이상희가 잘하기는 무슨. 선택 하나도 잘 못하는데."

내 말을 들은 상희는 고개를 숙였다. 나는 벌써 빈칸을 채워 넣은지 오래였다. 물론 '없음'이라고 적었지만. 상희를 에워싸 머리를 맞대고 함께 고민을 해주는 모습이 부러웠다. 그래서 상희가 괘씸했다.

"너 부러워서 그러지!"

친구들이 팔짱을 끼고 나를 쳐다봤다.

"아니거든!"

뜨끔했지만 더욱 당당하게 외쳤다.

"이상희 너도 없으면 없다고 자신 있게 적어!"

나는 활동지를 반 접어 서랍 깊숙이 넣었다. 상희는 활동지를 두고 반 밖으로 나갔다. 연신 점심시간 종소리가 요란하게 울렸다.

반 친구들은 서둘러 식판을 정리하고 지난주 다른 반과 약속한 '반 대항 축구 경기'를 하러 운동장으로 뛰쳐나갔다. 나도 얼른 칫솔을 가져다 놓으러 반으로 들어갔다.

"너가 있어야 우리 반이 이긴단 말이야."

모두가 떠난 반에서 미환은 상희를 설득하고 있었다. 상희가 꿈쩍도 하지 않자 꼭 나와야 해, 라는 애원을 남긴 채 미환은 반을 떠났다. 나는 모른 체 하며 사물함을 열었다. 아무렇게나 쌓아둔 교과서가 미끄러지며 세워놓은 양치 컵과 함께 바닥에 떨어졌다. 소리를 들은 상희가 뒤돌아보더니 나인 걸 확인하고는 책상에 엎드렸다. '치,

뻬지기는.' 양치 컵은 자유를 만끽하기라도 한 듯 멈추지 않고 우당탕 굴러갔다. 곧 밖에서 친구들의 웃음이 생생하게 들려왔다. 축구공을 차는 둔탁한 소리도 들렸다. 나도 바삐 교과서와 양치 컵을 사물함에 욱여넣었다.

반을 나서려고 하자, 고개를 푹 숙이곤 활동지를 적고 있는 상희가 눈에 들어왔다. 아직도 못 적었단 말이야? 이내 다른 반 친구들이 골, 이라고 외치는 함성과 응원가가 운동장에 울려 퍼졌다. 나는 창문으로 뛰어가 점수표를 확인했다. 4 대 1, 무려 3점이나 차이가 났다. 또 졌대요, 또 졌대요, 라며 놀려댈 다른 반 친구들의 모습이 눈앞에 거슬리게 그려졌다.

조금 전 미환의 말이 떠올랐다. 맞아, 축구를 잘하는 상희만 있다면 역전은 식은 죽 먹기인데!

나는 조심스레 상희에게로 다가갔다.

"상희야, 오래 걸려?"

상희는 활동지를 품 안으로 더 숨겼다.

"아까는 내가 미안했어."

나는 상희의 장래 희망 칸을 흘끔 쳐다봤다. 무언가를 적은 자국도, 지운 흔적도 보이지 않았다.

"뭐가 그렇게 고민인 거야?"

상희는 아무 말하지 않고 연필만 쥐고 있었다. 나는 마음이 급해졌다. 어떻게 하면 저 빈칸이 빨리 채워질 수 있을까. 그리고 어떻게 하면 상희가 내 사과를 받아줄까. 곰곰이 생각해 봐도 답은 하나였다.

나는 손을 뻗어 서랍 속 활동지를 꺼내 상희 옆에 앉았다. 들춰진 나의 부끄러움이 축구 경기를 승리로 이끌기만 한다면 나는 더 이상 부끄럽지 않았다. 꼭꼭 숨은 부끄러움이 아닌 명예로운 부끄러움이니까!

"봐봐, 나도 없어."

나는 '없음'이라고 적힌 장래 희망 칸을 가리켰다. 상희는 천천히 고개를 들어 내 손끝으로 시선을 옮겼다.

"나는 너처럼 잘하는 게 없거든. 어떤 걸 적어야 할지도 모르겠어서 없다고 적었어. 너도 없으면 없다고 해."

나는 종이의 구겨진 자국들을 꾹꾹 눌러 반듯하게 펼쳤다. 상희는 대꾸도 하지 않았다. 계속해서 연필을 쥐고 있었던 걸 보니 무언가를 적고 싶어 하는 것 같았다.

"너는 잘하는 게 많으니까 나보다는 쉽겠지."

나는 책상 위에 그대로 놓인 〈잘해요 리스트〉를 펼쳤다.

"어디 보자, 너는 피아노를 잘 치니까 피아니스트 되면 되겠네."

"피아노 싫어."

"그럼 그림을 잘 그리니까 화가는 어때?"

상희는 고개를 저었다. 무엇이든 거절하는 상희를 보니 점차 답답함이 차올랐다. 나는 크게 숨을 들었다 내쉬고 눈을 질끈 감았다.

"그럼, 가수는?"

이번 질문에 상희는 어떠한 말도, 행동도 하지 않았다. 그저 한동안 큼지막하게 적힌 〈잘해요 리스트〉를 응시했다. 열린 창문 틈으로 골! 환호성이 들려왔다. 마음이 초조해졌다. 나는 책상 위를 아무렇게나 굴러다니는 연필을 쥐어 〈잘해요 리스트〉에 적힌 특기 옆에 알맞은

직업을 적었다. 밥 많이 먹기 옆에는 먹방 유튜버, 이야기 잘 들어주기 옆에는 상담 선생님…….

"사실 내가 이것들을 잘하는지 모르겠어."

상희가 울먹였다. 상희 눈에서 흘러나온 눈물 한 방울이 톡, 하고 활동지에 스며들었다.

"너가 얼마나 잘하는데! 친구들이 인정했잖아!"

상희의 눈물에 놀라 리코더 불기 옆에 엉뚱한 직업을 적고 말았다. 나는 지우개를 찾았다. 이내 공책을 뺏은 상희가 내용들을 모두 지우기 시작했다.

"뭐 하는 거야!"

지저분하게 지워진 종이가 더욱 쭈글쭈글해졌다. 내 활동지보다 더 엉망이었다. 상희는 더럽혀진 종이를 찢었다. 〈잘해요 리스트〉는 순식간에 사라졌다. 공책도 새것 같아 보였다. 나는 도무지 상희가 이해되지 않았다. 잘하는 것도 많으면서, 주변에서 인정도 받으면서 도대체 무엇이 문제인지 알 수 없었다.

"잘한다고 칭찬받지 못할까 봐 두려워."

머지않아 상희가 떨리는 목소리로 말했다.

"칭찬 안 받으면 어때. 가끔은 못할 때도 있는 거지."

"그게 무서워."

상희가 소매로 눈물을 닦았다. 소매에 눈물 자국이 진하게 남았다. 그러다 상희 옷에 묻은 깍두기 국물과 간장 소스가 눈에 들어왔다. 밥풀도, 고춧가루도 붙어 있었다.

"너는 깔끔하지 못하네."

상희가 놀란 눈으로 나를 쳐다봤다.

"그리고 너는 너무 울음에 약해."

나는 멈추지 않았다.

"어때, 기분 나빠?"

아니, 상희는 고개를 저었다.

"잘한다고 말하면 그래 나 잘한다! 하면 되고, 못한다고 말하면 그래 나 못한다! 하면 돼."

나는 공책의 새로운 면에 자랑스럽게 〈못해요 리스트〉를 크게 적었다.

"그리고 나는 못하는 게 더 좋은걸? 못한다는 건 잘할 수 있는 가능성이 있다는 거잖아!"

나는 못하는 것들을 고민했다. 청소하기, 옷 개기, 달리기……. 어쩜 이리 쉽게 떠오르는지, 잘하는 것도 이렇게 많았으면 얼마나 좋아! 나는 하나둘씩 적어 내려갔다. 이를 가만히 보던 상희가 공책을 자기 쪽으로 끌어당겼다.

"나도 적어 볼래."

온종일 연필만 잡고 망설이던 상희는 온데간데없었다.

"나는 요리도 못하고, 악보도 못 외우고, 옷도 멋있게 못 입고……."

한 페이지로는 부족할 지경이었다. 어느새 상희는 즐거운 표정으로 〈못해요 리스트〉를 써 내려갔다.

"이제는 내 차례야!"

우리를 둘러싼 친구들은 없었지만, 그때만큼 시끌벅적했다. 언젠가부터 운동장의 친구들 소리도 들리지 않았다.

다음 날, 선생님은 10년 뒤 본인의 모습을 그리는 활동지를 나눠주었다. 그날도 상희 주변에는 변함없이 친구들이 모여 있었다. 친구들이 상희의 그림을 보며 역시나 상희야, 잘 그렸다며 칭찬했다. 그 틈을 비집고 상희는 종이를 들어 내게 보여줬다. 그림 속 상희는 하얀 유니폼에 가지각색의 소스가 묻은 요리사였다. 나도 내 활동지를 들어 보여줬다. 그림 속 나는 1등 메달을 목에 건 육상 선수였다. 육상 선수가 된 나와 요리사가 된 상희, 그림 속 우리는 정말 환하게 웃고 있었다.

당선소감 | 이지현

동화는 뭐랄까요, 어떻게 친해졌는지 기억나지 않는 소꿉친구라고 할 수 있겠습니다. 반갑고, 편안하고, 즐겁습니다. 저는 엄마의 목소리를 놀이터 삼아 동화와 놀았습니다. 그러다 졸음이 몰려올 때면, 엄마의 무릎에 머리를 기대고 누워 "여기서 놀자"하며 머릿속으로 동화를 불렀습니다. 그래서 그런 걸까요. 어릴 적 참 많은 꿈을 꾸었습니다. 가끔 동화는 묻는데요, 상상의 힘을 믿냐고. 언제나 저의 대답은 "당연하지"였습니다.

상상은 불가능에 가려진 가능성을 불씨로 피워줍니다. 어느새 어른이 되어버린 제게 동화는 장작이 되어주더군요. 여전히 동화는 묻습니다. 아직도 상상의 힘을 믿냐고. 변함없이 저의 대답은 "당연하지"입니다. 그래서 "우리가 지금 지나고 있는 이 터널은 거대한 두더지가 파놓은 거야"라는 아빠의 상상을 한결같이 믿나 봅니다.

저는 동화가 좋습니다. 동화의 가능성을 믿습니다. 동화를 통해 아이들과 상상하고 싶습니다. 어쩌면 동화를 쓰는 동기는 제가 상상을 멈추지 않았으면 하는 바람이 담겨 있기 때문일지도 모르겠습니다.

동화를 품에 안을 때까지 정말 많은 도움을 받았습니다.

사랑하는 아빠, 엄마, 당신들은 언제나 제게 동화였습니다. 나의 동심들 언니야, 진석아, 세월이 지나도 늘 내게 장난꾸러기가 되어줘. 존경하는 할아버지, 할머니, 제 길에 뿌려준 꽃들을 정성껏 모아 당신들께 꽃다발로 건넵니다. 내 가족, 당신들의 미소는 제게 힘이 됩니다.

동화를 사랑하게 해주신 박주혜 교수님, 그 사랑은 맞사랑이라고 속삭여 주신 김현숙 교수님, 문학을 사랑할 수 있는 용기를 주신 김수진 교수님과 단국대학교 교수님들께 감사드립니다. 그리고 제 동화의 가능성을 발견해 주신 무등일보에게 감사드립니다.

함께 동화를 사랑했던 스터디 벗들, 나의 손을 잡아줘서 고마워. 내 동화에 등장하는 나의 모든 친구야, 애정한다.

큐피드가 쏜 황금 화살이 제 폐를 관통한 듯합니다. 그 덕에 저는 사랑을 숨 쉬지 않을 수 없습니다. 사랑이 보송한 동화를 쓰겠습니다. 그렇게 나아가겠습니다.

심사평 | 배다인(동화작가)

현대 어린이들에게 부족한 덕목 탐구 … 구성력 차별화

한강 작가의 노벨문학상 수상은 문학계에 새로운 희망을 불어넣었다. 이러한 긍정적인 분위기는 응모작 증가로 나타났다고 한다. 올해는 동화 부문에 총 148편의 작품이 접수되었으며, 소재의 다양성이 돋보인 점이 특징이었다. 그러나 출품작들의 전반적인 경향을 살펴보면 몇 가지 아쉬움도 드러났다. 특히, 현시대 어린이들이 겪는 고민과 갈등을 깊이 있게 다룬 작품이 많지 않았다. 동화의 주 독자가 어린이임을 고려할 때, 어린이들이 공감할 수 있는 문제나 정서적 갈등을 다루는 서사가 더 필요해 보였다. 일부 작품은 작가의 관념적 세계에 치우쳐 진부한 전개로 이어졌으며, 제목의 참신성이 부족한 작품도 많았다.

동화는 어린이의 성장을 돕고, 어린이들이 미지의 세계를 인식하는 창의 역할을 한다. 어린이는 동화를 읽으면서 사고의 폭을 넓히고 꿈과 희망을 키워나간다. 따라서 동화의 서사는 어린이가 주체적으로 문제를 해결하며 성장하는 과정을 담는 것을 지향한다.

최종심에 오른 〈모티와 나〉 는 소재의 참신성이 돋보였으나, 결말 부분에서 구성이 흔들린 점이 약점으로 지적되었다. 〈아이들의 도시,

씨밀레〉는 독창적인 소재와 흥미로운 전개로 긍정적인 평가를 받았으나, 결말에서 인물 행동에 대한 플롯 설정이 약해 아쉬웠다. **〈못해요 리스트〉는 인물의 심리 상태를 어린이 독자의 눈높이에 맞춰 섬세하게 조명하고 있음이 강점으로 꼽혔다. 어린이가 주체적으로 문제를 해결해 나가는 서사 구조 또한 긍정적인 평가를 받았다. 현대 어린이들에게 부족한 덕목을 탐구하게 하는 구성력으로 다른 작품과 차별화되었기에 여러 장점을 종합하여 당선작으로 선정했다.**

모든 응모자는 저마다의 많은 노력을 기울였을 것이다. 아쉽게 수상하지 못한 응보자들 모두에게 격려의 박수를 보내며, 당선자에게는 진심 어린 축하를 보낸다. 신춘문예 당선은 작가의 완성이 아닌 출발점임을 기억하고, 더욱 매진해 주기를 당선자께 당부한다.

문화일보

고 민 실

2017년 『한국일보』 신춘문예 소설 부문에 당선되어 작품 활동을 시작했습니다.
저서로 장편 소설 『영의 자리』, 소설집 『홈 가드닝 블루』가 있습니다.
제11회 교보문고 스토리대상에서 『잃어버린 손가락』 중장편 우수상에 선정되었습니다.
2025년 《문화일보》 신춘문예 동화부문 당선

로켓과 티포트

고민실

"일, 이, 삼, 사……."

술래가 숫자를 세기 시작했다. 나는 서둘러 숨을 곳을 찾았다. 놀이터에 숨으면 금방 들킬 것 같았다. 경비실로 가보아도 택배 상자가 몇 개 없어서 그 뒤에 숨기는 어려워 보였다. 자전거 보관함에 가보려다가 지하로 내려가는 계단을 발견했다. 고개를 빼고 아래를 살폈지만 어두워서 잘 보이지 않았다. 술래가 와도 쉽게 찾을 수 없을 것 같았다.

계단을 내려가자 둥근 손잡이가 달린 문이 있어 열고 들어갔다. 지하 주차장으로 가는 길인 줄 알았는데 아니었다. 줄줄이 늘어선 기둥 사이로 노란색과 파란색의 커다란 파이프가 길게 뻗어 있었다. 바닥에는 흙먼지가 가득했고 젖은 종이 냄새가 났다. 멀리 꼬마전구처럼 작은 불빛이 보였다. 함부로 들어갔다가 혼날 것 같아 망설이다가 계단 위에서 발걸음 소리가 들리는 바람에 허겁지겁 안으로 들어갔다.

지하실은 생각보다 따뜻했다. 나는 노란색 파이프를 따라 걸었다.

세 번째 기둥을 지나자 주위가 조금씩 밝아졌다. 문 한쪽이 떨어진 수납장 위에 작은 등이 빛나고 있었다. 수납장 옆에 머리가 하얀 할아버지가 앉아 있었다. 회색 셔츠에 남색 바지, 경비원 옷을 입은 할아버지가 컵라면을 먹다 말고 나를 쳐다보았다.

"와아!"

내가 탄성을 지른 건 라면이 맛있어 보여서가 아니었다. 경비원 할아버지 옆에 커다란 원통이 서 있었다. 내가 그 속에 들어갈 수 있을 정도로 컸다. 아래에서 위로 조금씩 얇아지는 모양이었다. 가장 두꺼운 부분은 두 팔로 껴안으면 간신히 손끝이 닿을 것 같았다. 제일 아래쪽에는 네 개의 얇은 판이 세로로 붙어 있었다.

"만지지 마라."

퉁명스러운 목소리에 나는 손을 움츠렸다. 만지는 대신 손가락을 뻗어 원통을 가리키며 물었다.

"이거 로켓이죠?"

"그래."

경비원 할아버지는 삼각김밥을 뜯어 국물만 남은 컵라면 용기에 넣었다. 숟가락으로 밥을 꾹꾹 누르더니 국물과 함께 밥을 떠먹었다. 나는 경비원 할아버지의 입이 멈추기를 기다려 다시 물었다.

"할아버지 거예요?"

"내가 만들었으니까 내 거지."

"진짜 할아버지가 만들었어요?"

"그래."

국물까지 싹 비우고 나서 경비원 할아버지가 일어났다. 전기주전자

에 생수를 붓고 스위치를 올렸다. 전기주전자의 몸통은 은색이고 손잡이는 검은색이었다. 뚜껑이 뾰족해서 고깔모자 같았다.

"커피 줄까?"

"네."

나는 아직 커피를 마셔본 적이 없었다. 경비원 할아버지는 전기주전자에 생수를 더 부었다. 물이 끓을 동안 로켓을 구경했다. 완성되면 내 키보다 클 것 같았다. 요즘 유행하는 로켓 키트 중에 이 정도로 큰 것을 본 적이 없었다. 정신없이 구경하는데 전기주전자가 부글거리는 소리를 내며 뭉실뭉실한 수증기를 뿜어냈다.

"다른 사람에게 말하지 않으면……."

경비원 할아버지가 커피가 담긴 종이컵을 내밀며 말했다.

"또 와서 구경해도 된다."

"아무한테도 말 안 할게요."

"만지지는 말고."

"절대 안 만질게요."

나는 경비원 할아버지와 새끼손가락을 걸고 굳게 약속했다. 커피는 향기만큼 맛있지 않았다. 단맛 뒤에 쓴맛이 숨바꼭질을 하듯 숨어 있었다. 왜 아빠가 커피를 마시지 못하게 했는지 알 것 같았다. 결국 반도 마시지 못하고 남기고 말았다.

지하실 밖으로 나오자 햇빛이 눈부셨다. 그때까지 나를 찾고 있던 술래와 헤어져 집에 돌아갔다. 부엌에서 저녁을 만들고 있던 아빠가 나를 보자마자 소리쳤다.

"또 공 차다 왔니? 길에서는 위험하다니까."

“공 안 찼어. 숨바꼭질 했어.”

감자를 썰던 아빠가 힐끔 내 옷차림을 살폈다. 옷은 깨끗했다. 더러워지기라도 했으면 또 잔소리를 들을 뻔했다. 아빠는 말없이 당근을 꺼냈다. 나는 조심스럽게 물었다.

“크리스마스 선물로 로켓 키트 사주면 안 돼?”

“생일선물로 받았잖아.”

“그건 너무 작단 말이야. 더 큰 거 갖고 싶어.”

“더 크면 위험해서 안 돼.”

“아빠가 도와주면 되잖아.”

“내가 도와주면 무슨 의미가 있어.”

아빠는 돌아보지도 않고 당근을 자르기 시작했다. 나는 입을 부루퉁 내밀고 방으로 들어가 침대에 풀썩 누웠다. 내 방에는 우주 사진이 잔뜩 붙어 있었다. 푸르게 빛나는 지구, 막대나선 모양의 우리 은하, 달에 갔다 돌아온 유명한 연예인, 새로 출시된 우주 여객선, 화성에 가는 우주선…….

처음 로켓 제작 키트가 나왔을 때는 손바닥만 한 크기였다. 누구나 쉽게 조립해서 하늘로 쏘아 올릴 수 있었다. 갈수록 로켓 크기가 커졌고, 점점 더 높이 올라갔다. 로켓 키트 발사장도 생겼다. 내가 생일선물로 받은 건 고작 팔 길이만 했다. 지하실에 있는 로켓을 아빠에게 보여주면 뭐라고 할까. 입이 근질거렸지만, 꾹 참았다.

다음날 지하실에 내려가니 경비원 할아버지가 또 컵라면을 먹고 있었다. 다시 봐도 경비원 할아버지가 만드는 로켓은 굉장했다. 이것에

비하면 다른 로켓 키트들은 전부 시시해 보였다.

"코코아 줄까?"

"좋아요."

커피가 아니라 다행이라고 생각하며 로켓을 구경했다. 전기주전자는 우리 집에 있는 것보다 성능이 좋지 않은 것 같았다. 아무리 기다려도 물이 끓지 않았다. 그동안 경비원 할아버지가 침을 튀기며 전기주전자를 자랑했다.

"이게 독일제야, 독일제. 내가 젊을 때 독일에서 일했거든. 그때는 독일제 하면 알아줬어. 얼마나 튼튼한지 벌써 몇십 년이나 지났는데 아직도 멀쩡한 거 봐라."

전기주전자를 경비원 할아버지는 티포트라고 불렀다.

"겨울에 보일러가 고장 나면 티포트로 물을 끓여서 씻었거든. 꽝꽝 얼어붙은 수도관을 녹이는 데에도 제법이었다니까. 지금도 매일 이걸로 커피를 타 마신단 말이지. 컵라면도 먹을 수 있고. 이만하면 아직 쓸 만하지."

드디어 물이 끓었을 때는 티포트 이야기를 듣지 않아도 되어서 좋았다. 나는 코코아를 받아 들고 후후 숨을 불어 식혔다. 달콤한 맛이 익숙했다.

"로켓 다 만들면 쏘아 올릴 거죠? 저도 구경 가면 안 돼요?"

"글쎄다, 손주한테 크리스마스 선물로 줄 거라."

"한 달밖에 안 남았네."

나는 실망을 감추지 못하고 한숨을 쉬었다. 경비원 할아버지가 한쪽 눈썹을 들어 올리더니 그때까지 구경하러 와도 된다고 말했다.

"로켓 만드는 건 언제 와야 볼 수 있어요?"

"쉬는 시간에 만드니까 너는 보기 힘들걸."

"쉬는 시간이 언젠데요."

"새벽. 너 자는 시간."

"왜 새벽에 만들어요?"

"낮에는 일해야 되니까 그렇지."

경비원 할아버지가 순찰 나갈 시간이라며 일어났다. 나는 코코아를 얼른 마시고 따라 일어섰다. 경비원 할아버지가 손전등으로 발밑을 비추며 말했다.

"너무 자주 오지 마라. 들킨다."

"내일 말고 모레 올게요."

"공부해야지. 일주일에 한 번만 와. 수요일마다 어떠냐?"

"싫은데요."

결국 일주일에 두 번 오기로 약속하고 다시 새끼손가락을 걸었다. 문 앞에서 경비원 할아버지가 나를 먼저 내보냈다. 계단에 발을 올리고 뒤를 돌아보았다. 손전등을 껐는지 지하실이 어두컴컴해졌다. 지우개로 지운 것처럼 경비원 할아버지의 모습이 보이지 않았다.

약속대로 나는 일주일에 두 번 지하실을 찾아갔다. 때로는 필요한 정보를 인터넷에서 검색해 알려주기도 했다. 경비원 할아버지가 칭찬해 줄 때마다 어깨가 으쓱해졌다. 내 가슴 높이까지 오던 로켓은 어느새 내 키를 넘어섰다.

지하실에 갈 때마다 경비원 할아버지는 나에게 코코아를 타주었다.

뜨거운 김이 올라오는 코코아가 식기를 기다리며 로켓을 구경하고 있으니 경비원 할아버지가 물었다.

"로켓이 그렇게 좋아?"

"당연하죠. 전 나중에 커서 로켓 만드는 사람이 될 거예요."

"우리 때는 자동차가 최고였는데…… 내가 자동차 만드는 일을 했었거든. 그동안 만든 부품이 백만 개는 될 거다. 그때는 지나가는 차마다 전부 내가 만든 부품이 들어가 있었다니까."

경비원 할아버지는 자동차 이야기를 또 한참 했다. 가끔은 아이엠에프 같은 내가 알지 못하는 어려운 말을 꺼내기도 했다. 그렇게 많은 자동차를 만들었는데 정작 자기 차는 없다는 이야기를 중얼거릴 때는 눈썹 끝이 처져서 우울해 보였다. 자동차 이야기가 끝나나 싶었더니 다시 티포트 이야기로 돌아가는 바람에 지루해졌다. 내가 발돋움해서 로켓 안쪽을 구경하는 데 열중하자 경비원 할아버지가 말했다.

"로켓이 무슨 쓸모가 있는지 나는 아직도 모르겠다."

"우리 할아버지도 그렇게 말했는데."

커피는 써서 마시기 싫지만, 향기를 맡는 건 좋았다. 커피 향이 나는 코코아나 코코아 맛이 나는 커피가 있으면 좋겠다. 나는 커피 향을 맡으며 코코아를 홀짝였다. 빈 종이컵을 내려놓은 경비원 할아버지가 손등으로 입을 닦고 물었다.

"뭐라 하시던?"

"네?"

"로켓 말이다. 네 할아버지가 뭐라 하셨는데?"

"쓸데없는 게 우라지게 비싸구나, 막 이랬어요."

굵은 목소리를 흉내 내며 말하자 경비원 할아버지가 한쪽 입꼬리를 올렸다.

"그래서 내가 말해줬죠."

나는 우리 할아버지 앞에서 그랬듯이 고개를 쳐들고 팔짱을 끼며 말했다.

"우주에 버스를 타고 갈 수는 없잖아요."

경비원 할아버지가 뭔가를 꾹 참는 것처럼 얼굴을 찡그렸다. 나는 고개를 절레절레 흔들었다. 우리 할아버지가 그랬듯이 경비원 할아버지 역시 입을 실룩거리다가 웃음을 터트렸다.

크리스마스가 가까워질수록 로켓은 빠르게 완성되어 갔다. 이제 머리 부분만 남았는데, 경비원 할아버지는 딱 맞는 고철을 찾지 못했다고 했다. 나도 아빠 몰래 부엌을 뒤져봤지만 적당한 걸 발견하지 못했다. 한동안 지하실에 가도 경비원 할아버지를 만날 수 없었다. 경비원 할아버지는 로켓을 만드는 대신 뭔가 다른 일로 바쁜 것 같았다. 그래도 작은 등을 끄지 않고 항상 켜 놓았다. 희미한 빛을 받으며 서 있는 로켓을 만져보고 싶었지만, 새끼손가락을 걸고 한 약속을 떠올리고 나는 하얀 입김만 뿜어냈다.

학원에 다녀오자 집 거실에 사람들이 모여 있었다. 이미 아는 분도 있었고, 처음 보는 분도 있었다. 인사를 하고 방에 들어가는데 '경비원'이라는 말이 들려와 발을 멈추고 말았다.

“최저임금이 오르잖아요.”

“그렇다고 경비원을 해고해요? 10년 넘게 일하신 분도 계신데.”

“그래서 더 문제죠. 너무 나이가 드니까 경비실에서 꾸벅꾸벅 졸더라고요.”

“무인경비 시스템을 도입하면 경비원은 필요 없지 않아요?”

잘 모르는 말이 있어서 다 이해하기는 어려웠지만, 해고가 무슨 뜻인지는 알고 있었다. 경비원 할아버지가 해고되면 로켓은 어떻게 되는 거지.

나는 친구를 만난다고 하고 바로 지하실로 내려갔다. 안쪽으로 들어갈수록 깡깡거리는 소리가 크게 들려왔다. 낮에는 일해야 되니까 로켓을 만들 수 없다고 하지 않았나. 의아해하면서도 드디어 로켓 만드는 걸 구경할 수 있나 싶어 서둘러 걸음을 옮겼다.

경비원 할아버지는 티포트를 부수고 있었다. 나는 깜짝 놀랐다. 오래된 티포트가 얼마나 물을 잘 끓이는지 자랑하고 또 자랑했는데…… 어쩌면 너무 오래돼서 고장 났는지도 몰랐다. 경비원 할아버지는 티포트를 로켓 머리에 얹었다. 크기가 딱 맞았다.

“로켓 완성하면 네가 가져라.”

경비원 할아버지의 말에 나는 눈을 동그랗게 떴다.

“손주 녀석은 필요 없다더라. 크기만 해서는 안 된다는구나.”

“바보 아냐? 이건 사고 싶어도 못 사는 건데.”

입을 비죽거렸더니 경비원 할아버지가 내 머리를 쓰다듬었다. 마디가 굵고 울퉁불퉁한 손이 거칠 줄 알았는데 의외로 부드러웠다. 나는 눈치를 보다가 조심스럽게 물었다.

"진짜 제가 가져도 돼요?"

"너도 많이 도와줬잖아."

"진짜, 진짜죠?"

"그래. 크리스마스 선물이다."

"와아!"

나는 환호를 지르며 팔짝팔짝 뛰었다. 경비원 할아버지는 내 머리를 문지르던 손으로 로켓 위에 올라간 티포트를 쓰다듬었다.

"평생 물만 끓였는데 한 번쯤 별을 구경하는 것도 괜찮겠지."

로켓 키트가 우주까지 날아갔다는 말은 들어본 적이 없었다. 구름에만 닿아도 성능이 좋은 거라고 말하려다가 나는 입을 닫았다. 이렇게 큰 로켓이라면 우주까지 날아갈 수 있을지도 모르잖아. 벌써 그날이 기대돼 몸이 들썩거렸다.

며칠 뒤 지하실에 내려가자 경비원 할아버지는 없고 완성된 로켓만 서 있었다. 까치발을 하고 팔을 위로 쭉 뻗어야 겨우 로켓 머리와 손가락 높이가 비슷해졌다. 나는 세 걸음 뒤로 물러나 보았다. 은색, 검은색, 노란색, 빨간색 색종이를 찢어 붙인 것처럼 얼룩덜룩했다. 핸드폰으로 사진을 찍고 다시 가까이 갔다.

"내 거야."

경비원 할아버지가 가지라고 말했으니 틀린 말은 아닌데도 어쩐지 가슴이 답답했다. 나는 주위를 두리번거리다가 조심스럽게 손을 가져다 댔다. 처음으로 만진 로켓은 울퉁불퉁했다. 서로 다른 쇳덩어리를 이어 붙인 자국이 나뭇가지처럼 불거져 있었다. 얼마 만지지 않았

는데 손이 시릴 정도로 차가워졌다. 나는 얼른 주머니에 손을 집어넣고 돌아섰다.

지하실을 나와 계단을 올라가자 눈이 쏟아지고 있었다. 바닥에 깔리기 시작한 하얀 눈송이를 구경하다가 엘리베이터로 향했다. 게시판 안내문에서 '경비원'이라는 단어를 발견하고 자세히 읽었다. 무인경비 시스템 도입으로 경비원을 감원한다는 내용이었다. 집에 들어오자마자 나는 아빠에게 물었다.

"무인경비가 뭐야?"

"사람이 필요 없는 경비라는 뜻이야. 기계가 대신 일하는 거지."

"감원은 뭐야?"

"사람 수를 줄인다는 뜻이야."

그제야 나는 머릿속에서 까맣게 지워졌던 해고라는 말을 다시 떠올렸다.

"경비원 할아버지 쫓겨나는 거야?"

"쫓겨나는 거 아니야. 나이가 너무 많아서 일하기 힘들다고 그만두셨어."

"그만뒀다고?"

꽥 소리 지르자 아빠가 눈을 크게 떴지만, 나보다 놀라지는 않았을 거다. 그때가 마지막인 줄도 모르고 혼자 좋아했다고 생각하자 미안해졌다. 동시에 깨달았다. 약속을 지켜야 할 사람은 더 이상 여기에 없었다. 나는 오랫동안 묵혀 두었던 비밀을 입 밖으로 꺼낼 때가 되었음을 알았다.

"지하실에 로켓이 있어."

"로켓이라니?"

"경비원 할아버지랑 같이 만들었어."

나는 그동안 있었던 일들을 모두 털어놓았다. 미리 알리지 않았다고 잔소리하던 아빠는 지하실에서 로켓을 보더니 입을 다물었다. 저녁에 회사에서 돌아온 엄마는 반대로 입을 벌렸다. 정확히는 로켓이 아니라 그 옆자리를 보고 있었다. 경비원 할아버지가 물을 끓여서 커피를 타 마시고, 컵라면을 먹던 공간을 응시하며 한동안 미간을 찡그린 채 서 있었다.

집에 돌아와 엄마와 아빠는 뭔가를 한참 상의했다. 어쩌면 크리스마스이브에 로켓 키트 발사장을 예약해 줄지도 몰랐다. 그날 밤 가슴이 설레어 뒤척거리다가 늦게 잠들었다. 그리고 꿈을 꾸었다.

꿈속에서 나는 로켓 키트 발사장에 있었다. 쏟아지는 햇빛이 눈부셨다. 주위에 수많은 로켓이 있었지만, 내 로켓만큼 커다란 건 없었다. 다들 내 로켓을 보고 감탄하며 지나가 어깨가 으쓱해졌다.

앞자리부터 차례대로 로켓을 쏘아 올리기 시작했다. 얼마 올라가지 못해 땅에 떨어지는 것도 있었고, 제법 높이 올라갔다가 천천히 떨어지는 것도 있었다. 순서를 기다리는 동안 빠르게 해가 졌다. 내 차례에는 주위가 어두워져서 도로 지하실에 내려와 있는 것만 같았다.

발사대에 로켓을 세우는데 구경하는 사람들이 몰려들었다. 그중에는 경비원 할아버지도 있었다. 내가 소리쳐 부르자 경비원 할아버지가 엄지손가락을 들어 보였다. 수많은 사람이 쳐다보자 발사 버튼에 얹은 손가락이 떨렸다. 나는 심호흡을 하고 숫자를 거꾸로 세기 시작했다.

"십, 구, 팔……."

주위에 있던 사람들이 같이 숫자를 셌다. 경비원 할아버지도 함께였다.

"사! 삼! 이! 일!"

다 같이 "발사!"를 외치는 순간 나는 버튼을 눌렀다. 불이 붙고, 모래가 움푹 파이고, 로켓이 하늘로 솟아오르자 환성이 일었다. 별이 보이지 않는 캄캄한 하늘을 향해 로켓이 날아갔다. 우주까지 가지 못하면 어쩌나 걱정했는데 로켓은 떨어지지 않았다. 희고 몽실몽실한 구름에 닿을 때까지 계속 올라갔다.

어느새 나는 로켓이 되어 있었다. 이대로 높이 높이 올라가서 우주에 도착할 거고, 구덩이가 숭숭 패인 달도 볼 거고, 뜨겁지만 멋지게 타오르는 태양도 보게 될 거야. 우주에서 보는 별은 얼마나 예쁠까. 언젠가 우주선을 타고 화성에도 가야지.

물이 끓을 때와 비슷한 냄새의 구름을 지나자 어두컴컴한 밤하늘에 은하수가 펼쳐졌다. 아름답게 빛나는 별 무리를 보는데 경비원 할아버지가 티포트를 부수던 모습이 떠올랐다. 그러자 어디선가 코코아 맛이 나는 커피 향이 솔솔 풍겨왔다. 나는 코를 킁킁거리다가 뒤를 돌아보았다. 순간 숨이 막혔다. 로켓이 계속 날아오고 있었다. 하늘을 향해 솟아오르는 로켓과 힘이 다해 떨어지는 로켓들로 발밑이 가득했다. 그리고 밤하늘처럼 찬란하게 빛나는 도시의 불빛이 눈에 들어왔다.

나는 조금 무서워졌고, 조금 쓸쓸해졌다. 어쩌면 나는 로켓이 아니라 티포트가 된 걸지도 몰랐다. 나중에 다시 경비원 할아버지를 만나면 이번에는 내가 이야기를 한참 들려줄 것 같다는 생각이 들었다.

당선소감 | 고민실

잘 잊어버리고 자주 헷갈리는 편이지만, 제가 처음 쓴 글만큼은 선명하게 기억합니다. 학교 숙제로 쓴 동화 패러디였습니다. 신데렐라가 왕자의 청혼을 거절하고 재봉사가 되어 꿈을 이뤘다는 사실을 요정으로부터 전해 들은 소녀가 역시 꿈을 좇는 이야기였죠. 선생님이 반 친구들 앞에서 낭독하도록 했을 때 이름을 모르는 감정들이 몸 안을 간질였습니다. 아마도 그것이 시작이었던 것 같습니다.

처음에는 마냥 재미있었습니다. 인터넷 공간에 자유로이 글을 쓰고 내보일 수 있게 되면서 그것으로 충분하다고도 생각했습니다. 책을 내고 싶은 욕심이 없지 않았지만, 그럴 만한 재능도 열정도 부족하다고 믿었죠. 거센 풍랑과도 같았던 시기를 거치며 많은 것이 달라졌습니다. 지푸라기라도 잡고 싶었던 손에 어릴 때부터 함께 해온 책을 쥐고 있었죠. 구원이라고 하기에는 거창하고 위안이라고 하기에는 소박하지만, 덕분에 침몰하지 않을 수 있었습니다. 한때 그만두려던 씀을 계속하자고 마음먹은 계기이기도 합니다.

걸어도 되나 싶었던 길이 이제 걸을 수 있는, 걸어야 하는 길이 되었습니다. 소설이란 무엇일까. 동화란 무엇일까. 발견했다 싶으면 다시 멀어지는 썰물 같은 질문을 껴안고 계속 끙끙대겠죠. 만약 허락된다면 어리다는 말로 가둘 수 없는 다채로운 존재에게 내보일 글을 쓰고 싶습니다. 파도가 훑고 가는 해안가에서 우연히 주운 조개껍데기에 찰나 머무른 빛깔이 되기를 소망합니다.

긴 시간을 통과해 인연이라는 말을 이해하게 되었습니다. 여기까지 이름을 다 나열하기 힘들 정도로 많은 분께 도움받아 왔습니다. 당선을 가장 먼저 축하해 주신 김지은 아동문학평론가님, 최나미 동화작가님, 감사합니다. 바닥을 더듬듯이 써오며 간간이 그려왔던 선배처럼 진심 어린 조언을 건네주셨죠. 그 다정함을 품에 안고 더 열심히 쓰겠습니다. 언제나 존경하고 친애하는 자수정 문우들, 변함없이 곁을 지켜준 ㅁㅅㅁ와 미와 윤과 정, 사랑하는 가족…… 미처 깨닫지 못하고 스쳐 지나가고 만 요정 같았던 분들에게도 이 기회를 빌려 감사 인사와 새해 인사를 전합니다. 모쪼록 다양한 모양의 행복이 두루 피어나기를.

심사평 | 김지은(동화평론가) · 최나미(동화작가)

할아버지 로켓 위로 솟은 아이의 마음… 동화의 심장을 겨냥했다

올해 신춘문예는 지난해보다 투고 작품이 늘었고 SF 동화의 비율이 줄어든 반면 어린이의 생활을 관찰하고 그 안에서 벌어지는 일을 사실적으로 다룬 작품이 많았다. 그중 다수가 가족이나 또래의 죽음에 대해 다루고 있었는데 이를 제3의 시선이 아닌 1인칭으로 서술했다. 서로 살아 있음을 확인하는 것이 간절해진 현실 속에서 생사조차 묻기 어려운 작은 생명들이 꾸준히 등장한다. 이것이 가리키는 바는 무엇일까. 경쟁은 과시하면서 생명은 업신여기는 사회, 밀려드는 기후 위기에 대한 어두운 전망, 이에 따른 생존 불안, 또는 생태 불안이 동화에서 감지된다.

본심에서는 '돌을 훔친 아이', '삼각형의 고백', '로켓과 티포트' 세 편을 다루었다. '돌을 훔친 아이'는 기르던 금붕어의 죽음과 음주 운전 차량에 치여 세상을 떠난 형에 대한 그리움을 연결하면서 스스로 슬픔을 다스리고자 애쓰는 어린이의 시간을 다루었다. 주인공 산이의 고통이 과거의 사건에서 온 것이라면 산이와 대립하는 정태의 고통은 현재 진행형이다. 산이가 애타게 찾는 돌을 두고 "별것도 아니야"라고 내뱉는 정태의 말이 울림을 준다. 그러나 정태에 대한 정보가 부족하고 도둑질을 뒷받침할 수 있는 서사가 미약해서 독자가 알아서 짐작해야 하는 부분이 너무 크다. 어린이 인물이 비극을 홀로 감당하는 전개와 단순한 결말도 아쉬웠다.

'삼각형의 고백'은 사랑의 감정을 세련된 은유와 함께 그려낸 잘 읽히는 SF다. 중국 상공에 갑자기 나타난 삼각형 모양의 미확인 비행물체를 세 어린이의 관계에 빗대면서 사랑의 설렘을 발굴해냈다. 이는 현오와 서연이와 준영, 각자의 마음에 충분히 공감할 수 있게 만드는 흥미로운 문학적 장치다. 이 장치에 의해 스쳐 지나가는 성장의 중요한 순간이 흥미롭게 포착된다.

하지만 임시휴교령이 내려질 만큼 불안한 상황임에도 그 두려움에 대한 묘사가 부족하고, 엄중한 상황이 사랑 이야기를 위한 도구로만 사용됐다는 느낌을 준다. 준영이의 마음이 커지는 과정과 그 마음을 현오에게 고백하는 장면이 다소 도식적으로 그려졌다. 인물 이름이 잘못 적힌 실수가 몇 번 나오는데 사소한 것 같지만 작가의 집중력을 보여주는 부분이라 아쉽다.

'로켓과 티포트'는 로켓을 좋아하는 한 어린이와 경비원 할아버지 사이의 우정과 연대를 다뤘다. '티포트'라는 외래어로 불리는 전기주전자는 독일에서 이주 노동자로 일했던 할아버지의 젊은 날이 투영된 아주 튼튼한 물건이다. 그러나 이제 그에게 남은 것은 손주에게 로켓을 만들어주겠다는 사랑의 일념 정도이다. 주인공 어린이는 호기심에서 출발해 점차 그 사랑을 이해하며 할아버지의 믿음직한 동료가 된다. 회고담에 그칠 수도 있는 소재를 어린이의 시각에서 잘 풀어낸 작품으로 할아버지가 로켓의 머리 부분을 완성하기 위해서 티포트의 뚜껑을 부수는 시점이 인상적이다. 이 로켓이 더 이상 손주의 선물이 될 수 없다는 사실을 알고 있고 무인 시스템의 도입으로 해고가 예정된 상황에서 할아버지가 "평생 물만 끓였는데 한 번쯤 별을 구경하는 것도 괜찮겠지"라고 티포트를 내리치는 장면은 먹먹한 감동을 자아낸다. 어린이 인물과 어른 인물이 맺는 관계의 바탕에 탄탄한 존중이 깔려 있다. 후반부에 엄마와 아빠의 연대가 암시되는데 이를 명시하지 않은 것이나 스스로 로켓이 되는 꿈을 꾸면서도 할아버지와 나눈 성장에 대한 약속은 결심의 영역으로 남겨둔 점 등 이야기의 여백도 좋았다.

논의 끝에 '로켓과 티포트'를 당선작으로 결정했다. 솟아오르는 로켓과 힘을 다해 떨어지는 로켓들을 발밑에 두고 하늘로 나는 어린이의 마음은 현대적인 의미에서 동화의 심장을 겨냥하고 있다. 당선을 진심으로 축하하며 정진하시기를 응원한다.

이번 2025 문화일보 신춘문예에 투고해주신 모든 분들도 더욱 건필하셔서 좋은 작품을 쓰시길 기원한다.

불교신문

이 연 숙

전북 익산 출생, 전주교대 졸업, 초등학교 교사로 근무하다 명예퇴직함. 광주교대 대학원 아동문학교육을 전공하고 창작활동을 시작함. 2020년 공직문학상(동시) 수상, 2022년 목포문학상(동화) 동서문학상(동시) 수상, 2023년 제10회 가사문학공모전 우수상 수상, 2025년 〈불교신문〉 신춘문예 동화부문 당선,단편동화집 『너를 보여 줘』(공저), 동시집 『땡감먹은 고양이』(공저), 그림책 『봄꽃 학교』, 『그림 가족』을 출간함.

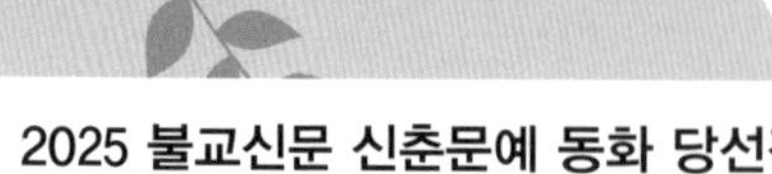

놀고 싶어서

이연숙

어느 날 나무로 만든 커다란 대문이 떼어졌다. 그러자 대문의 널판 사이로 얼핏얼핏 보였던 바깥 풍경이 다 보이기 시작했다. 밭에서는 콩잎이 논에서는 벼들이 일렁거리는 것도 보였다. 우리 집에 자주 오던 택배 아저씨는 마당까지 차를 쑥 밀고 들어왔다. 오토바이를 탄 우체부 아저씨도 보이고 가끔 큰 모자를 쓴 할머니들이 지나갔다.

하지만 내 관심사는 시시때때로 지나가는 점박이에게 있다. 점박이는 우리 집에서 조금 떨어진 옆집에 산다. 점박이네 아저씨가 트럭을 몰고 나가면 뒤따라 매일 달려 나간다. 정말 부러웠다. 점박이 아저씨네 트럭이 나가고 들어오는 기척만 나면 나는 자동으로 몸을 세우고 대문 밖을 주시했다.

대문을 떼어낸 어느 날, 달려가던 점박이가 멈춰서 나를 바라봤다.

"이리 와. 나랑 놀자. 멍."

점박이가 귀를 쫑긋하더니 천천히 마당으로 들어왔다. 목줄에 예쁜 방울이 달려있었다. 나는 꼬리를 흔들며 마중 나갔다.

킁킁킁 코를 들이대며 먼저 인사했다. 좋은 냄새가 났다. 가슴이 마구 뛰었다.

'와! 드디어 친구가 생겼다.'

정말 맘에 들었다. 내 꼬리는 주책없이 흔들렸다. 점박이와 나는 한참 놀았다. 더 놀고 싶은데 점박이네 아저씨가 우리 집 앞에 트럭을 멈춰 세우더니 점박이를 불렀다. 점박이가 트럭을 따라 자기 집으로 달려갔다.

다음 날, 점박이가 트럭을 따라 달리다가 또 집 앞에 멈췄다. 점박이가 꼬리를 흔들며 들어왔다.

"어서 와. 멍멍멍."

나는 점박이를 부르며 좋아서 펄쩍펄쩍 뛰었다. 오늘은 더 많이 놀아야겠다고 생각했다. 점박이랑 씨름하며 노는데 점박이가 슬금슬금 피했다. 그러거나 말거나 한껏 기분이 좋아진 나는 마구 점박이를 껴안으며 달려들었다.

"아야! 깽"

"왜 그래?"

"네 목줄에 걸리잖아."

점박이는 불쾌한 표정을 보이고는 그대로 달려 나갔다.

"나랑 같이 가자."

나도 점박이를 향해 달렸다. 철컥! 목줄이 나를 붙잡았다. 내 목줄에 달린 긴 줄은 처마 기둥에 묶여있다. 나는 점박이가 달려간 쪽을 바라보며 목청껏 불렀다.

"점박아, 점박아 이리와 나랑 놀자. 멍멍 멍멍."

나를 잠깐 흥분시켰던 점박이는 그날 이후 우리 마당으로 들어오지 않았다. 나는 우리 아줌마가 줬던 껌도 아껴놓고 점박이를 기다렸다. 종일 엎드려 있다가 점박이가 지나가면 후다닥 일어나 불러댔지만 소용없었다.

'아, 나도 나가고 싶다.'

날마다 집 앞을 지나가는 점박이를 보며 지치기 시작했다. 그러던 어느 날 지친 나를 완전히 힘 빠지게 한 일이 생겼다.

옆집 아저씨 트럭이 지나가고 잠시 뒤 점박이가 달리는데 점박이 옆에 매끈하게 생긴 어떤 녀석이 같이 달리고 있었다. 점박이와 비슷하게 생긴 녀석은 점박이와 걸음을 맞춰서 신나게 트럭 꽁무니를 따라 달렸다. 내가 점박이한테 차였나 보다. 점박이 옆에 있던 그 녀석을 혼내주려고 펄쩍펄쩍 뛰었지만, 마당 밖까지는 나갈 수 없었다. 밥도 먹지 않고 오직 떼어낸 대문 밖만 바라보고 혹시나 트럭 소리가 나면 벌떡 일어나 소리쳤다.

그러다 밤이 깊으면 내 집으로 들어가 웅크리고 잠을 잤다.

바사삭 할짝할짝

어둠 속에서 누군가 내 밥그릇에 입을 대고 물까지 할짝거리며 들이키고 있었다.

"누구야! 크응~"

누군가 깜짝 놀라서 저만큼 물러섰다. 가로등 불빛에 모습이 보였다. 가슴에서 목까지 흰털이 빽빽했다. 크고 까만 눈이 당당해 보였다. 목줄에 끊어지고 닳아진 짧은 끈이 매달려 있는 것이 집 나온 떠돌이 같았다. 내 밥을 다 먹어 미안한지 화를 내는 나에게 한마디 응

수도 하지 않고 힐끗힐끗 몇 번 나를 보더니 쌩하게 자리를 떴다.

"누리, 다 먹었어? 그렇지 이제 입맛 돌아왔구나? 잘했어."

밥그릇이 깨끗이 비워지자 아줌마는 나를 쓰다듬으며 폭풍 칭찬하고 더 많이 줬다. 시원한 물도 가득 따라줬다. 내가 먹은 것도 아닌데 칭찬받으니 새로 챙겨준 밥을 조금 먹었다. 어제 온 떠돌이 때문에 점박이는 전혀 생각나지 않았다. 내 밥그릇엔 아직 밥이 많이 남아있고 물도 많이 있다.

어두워지고 집 밖의 가로등에 불이 들어왔다. 아줌마도 집안에 들어가서 커튼을 내렸는지 창문으로 불빛이 희미하게 비쳤다. 나는 마당에 납작 엎드려 있었다.

"왔다! 멍!"

나는 벌떡 일어났다. 떠돌이가 어슬렁어슬렁 마당으로 들어오더니 내가 닿지 않는 곳에 앉았다. 배가 고팠는지 한마디도 하지 않고 내 눈치만 봤다. 오늘도 떠돌이가 캄캄한 밤에 찾아온 것은 분명코 내 밥을 노리고 있는 거다.

"너 배고프지? 이리 와 먹어. 멍멍."

나는 밥그릇을 밀어주고 자리를 비켜줬다. 떠돌이가 슬금슬금 밥그릇 쪽으로 다가왔다. 눈치를 살피며 몇 번 깔짝거리더니 순식간에 비워버렸다. 그리고 물도 그대로 핥더니 그릇 두 개가 깨끗이 씻어졌다. 떠돌이는 혓바닥으로 입을 쓱쓱 닦고 편안한 자세로 앉았다. 하지만 내가 닿지 않는 거리에 있어서 나는 장난치며 놀 수도 없었다.

"야, 내 밥만 먹고 뭐 하는 거냐? 멍."

나는 새침하게 앉아 있는 떠돌이를 향해 소리쳤다. 그래도 떠돌이는

꼼짝도 하지 않고 한 번 쳐다보고는 고개를 돌렸다.

"당장 가버려. 멍."

화가 나서 떠돌이에게 소리쳤다. 떠돌이가 슬그머니 일어났다.

"다시 오지 마! 멍멍멍"

나는 더 세게 소리쳤다. 떠돌이가 아무 말도 없이 어슬렁어슬렁 집 밖으로 나갔다.

'그런다고 그냥 가냐?'

나는 소리쳤지만 슬펐다. 떠돌이의 쌀쌀맞은 태도가 괘씸하기까지 했다. 이러려고 밥도 남겨주었나 했다. 이제 떠돌이도 떠났겠다고 생각하며 나도 내 집으로 들어가 엎드려버렸다.

다음 날 아줌마가 밥을 많이 담아놓고 일찍 집을 나갔다. 집이 텅 비었으니 정말 심심했다. 오고 가며 간식 주고 머리 만져주는 아줌마도 없으니 마당으로 나가기가 싫었다.

킁킁. 아침인데 떠돌이가 집 밖 길에서 어슬렁거리며 마당을 살폈다. 나는 얼른 일어나서 마당으로 나갔다. 아무도 없어서 심심했는데 떠돌이가 어떻게 알고 아침에 왔는지 신기했다.

"빨리 들어와. 아무도 없어. 멍멍"

밤에만 찾아오던 떠돌이가 아침부터 찾아오니 정말 좋았다. 배가 고팠는지 다른 날보다 훨씬 많았던 밥을 금세 먹었다. 저녁마다 밥만 먹고 조금 앉았다 가던 떠돌이가 아침부터 배부르게 밥을 먹어서인지 오늘은 아예 내 옆에 드러누워서 먼저 장난을 걸어왔다. 모처럼 떠돌이와 씨름하며 놀았다.

점박이 아저씨 트럭이 지나가고 곧이어 점박이와 친구가 같이 뛰어가다가 슬쩍 쳐다봤다. 나는 보란 듯이 더 신나게 놀았다.

점심때가 지나서 우리 아줌마 차가 돌아오는 소리가 들렸다. 아줌마가 차에서 내리더니 떠돌이를 봤다. 나는 아줌마 눈치를 보며 떠돌이를 향해 빨리 가라고 사납게 짖었다.

"너는 어디서 왔니? 우리 누리랑 잘 놀아라."

아줌마가 떠돌이에게 손을 흔들어주며 말했다. 아줌마가 다른 밥그릇에 밥을 떠서 내가 닿지 않는 곳에 놔두었다. 떠돌이가 아줌마가 따로 놔둔 밥을 맛있게 먹었다. 마치 자기 밥이라는 듯 내 눈치도 안 보고 먹었다.

정말 신나는 날이었다. 밥을 다 먹은 떠돌이가 발랑 누워서 내 장난을 받아줬다. 나는 내 줄이 닿는 데까지 뛰어다니며 신나게 놀았다. 떠돌이는 더 넓게 더 멀리 달리기를 하며 마당을 뛰어다녔다. 묶여있는 나는 떠돌이를 잡을 수가 없었다. 화가 나서 마구 짖어댔다. 떠돌이는 약 올리는 것처럼 귀를 뒤로 팍 넘기고 잡아보라며 텃밭이며 꽃밭이며 날뛰고 다녔다. 나는 더 크게 소리쳤다.

"그만! 그만! 그만 뛰라고. 멍멍멍"

내가 하도 소리치자 아줌마가 나왔다. 떠돌이가 꽃밭 텃밭 가릴 것 없이 사정없이 뛰어다닌 바람에 꽃밭과 텃밭이 엉망이 되어버렸다. 아줌마가 떠돌이를 혼냈다. 떠돌이는 아줌마의 고함에 놀라 얼른 마당에서 집 밖으로 달려 나갔다.

아줌마는 떠돌이가 꺾어놓은 꽃나무와 텃밭을 살폈다. 중얼거리는 아줌마의 얼굴을 보니 화가 잔뜩 난 것 같았다. 나는 떠돌이가 나간

밖을 멍하니 바라봤다.

'떠돌이도 아주 떠난 것일까?'

슬펐다. 밥맛도 없다. 아줌마가 준 밥과 물에 입도 대지 않았다.

밤은 더 깜깜해지고 아무도 지나가지 않는 길만 가로등 불빛에 어른거렸다. 그때 슬금슬금 떠돌이가 마당으로 들어왔다. 나는 벌떡 일어나 집 밖으로 나와 꼬리를 흔들었다.

떠돌이는 오자마자 내 밥과 물을 다 먹었다. 나는 좋아서 배고픔도 느끼지 못했다. 달밤에 체조라고 밤중인데 실컷 놀았다.

"너 고양이 몰아봤어? 새 잡아봤어?"

내 옆에 앉아서 떠돌이가 물었다.

"아니. 날아다니는 새를 어떻게 잡냐?"

떠돌이는 그런 건 식은 죽 먹기라며 으스댔다. 나는 고양이를 한번 혼내주고 싶었다. 내가 잡을 수 없는 거리에서 아주 천연덕스럽게 흘금거리며 다녔으니까. 그날 밤 나는 떠돌이랑 마당에서 잠이 들었다.

이른 아침 떠돌이가 내 목줄을 물어 당겼다.

"나랑 밖으로 나가자."

"난 나갈 수 없단 말이야. 묶인 거 안 보이냐?"

"내가 도와줄게."

떠돌이가 내 목줄에 달린 끈을 물었다. 나는 펄쩍펄쩍 뛰면서 발버둥 쳤다. 그 바람에 떠돌이가 기둥에 부딪히고 얼굴이 긁히고 말았다.

"아이코! 낑낑."

떠돌이가 앓는 소리를 냈고 긁힌 얼굴엔 피가 맺혔다. 그래도 떠돌이는 내 목줄에 매달린 끈을 물고 힘을 썼다. 떠돌이의 근육이 더 불거졌다. 떠돌이는 줄을 물어뜯고 나는 나대로 당기기를 얼마나 했는지 내 목도 아팠다.

툭 목줄이 끊어졌다.

"됐다. 빨리 나가자."

떠돌이가 밖으로 달려 나갔다. 나도 떠돌이를 따라 집 밖으로 달려갔다. 사정없이 들판을 달리자 참새들이 놀라서 후두둑 날아가고 이슬에 젖은 풀밭은 시원하고 상쾌했다. 끙끙 처음으로 시원하게 배변도 했다. 꽃냄새를 맡으며 이리저리 뛰어다녔다.

야산에서 떠돌이가 친구를 소개했다. 검둥이는 털이 지저분하게 너풀거렸고 흰둥이는 재투성이에 꾀죄죄했다. 하지만 뛰고 달리는 모습은 거침이 없었다. 거부감은 금세 사라지고 한패가 되어 뛰어놀았다.

여기저기 만들어진 인삼밭은 숨바꼭질하기에 딱 좋았다. 흘깃거리던 고양이 녀석도 찾아서 높은 담으로 훌쩍 뛰어오를 때까지 신나게 몰았다.

"어때? 기분 좋지?"

떠돌이가 헉헉거리며 말했다.

"응. 정말 신난다. 내가 이렇게 잘 달릴 줄 몰랐어."

우리는 풀밭에 앉아 숨을 골랐다. 얼마나 뛰었는지 힘이 다 빠져나갔다. 점심도 한참 지난 것 같았다.

"근데 목마르고 배고픈데 뭘 먹어?"

"오늘은 내가 한턱낼게."

떠돌이가 친구들과 어느 집 닭장으로 갔다. 닭들이 이리저리 다니며 모이를 먹고 있었다. 꼬꼬댁거리는 닭 소리에 주인한테 들킬까 조

마조마했다. 떠돌이와 재투성이가 덥석 한 마리씩 물고 잽싸게 달렸다. 나도 덩달아 떠돌이를 따라 달렸다. 야산에서 물고 온 닭으로 식사를 하자고 했다. 떠돌이가 먹어보라고 권했지만 나는 멀리 떨어져서 바라보기만 했다.

식사를 마친 떠돌이와 친구들이 도랑물을 홀짝홀짝 마시더니 풀밭 여기저기 드러누워 낮잠을 자기 시작했다. 배 속은 꼬르륵거리고 허기 때문에 나는 잠도 안 왔다. 웅크리고 앉아 있는데 목에 달린 끊긴 줄이 바람에 흔들렸다.

언젠가 빠르게 달리던 트럭을 피하다 수렁에 빠졌었다. 그때 아줌마가 허우적대던 나를 끌어올려 씻겨주고 닦아주었다. 벌벌 떠는 나에게 끓여주었던 북엇국을 생각하니 배 속은 더 꾸르륵댔다. 아줌마가 당장 나타나 안아주었으면 좋겠다는 생각이 들었다.

잠에서 깬 떠돌이와 친구들이 다른 곳으로 사냥을 나가자고 했다. 힘도 없고 썩 내키지 않았다.

씩씩하게 앞장서 가는 떠돌이를 따라 친구들이 이동했다.

서서히 어둠이 오기 시작했다. 그냥 놀고 싶어서 뛰쳐나온 집 밖은 금세 어둠이 밀려오는 것 같다. 인삼밭은 더 까매지고 신나게 달리던 들판도 풀밭도 어슴푸레했다.

"빨리 와! 컹"

떠돌이가 크게 불렀다. 목줄을 끊던 떠돌이 모습이 훅 다가왔다. 떠돌이를 보며 힘주어 일어났다. 다리가 바들거렸다. 멈춰서 기다리는 떠돌이를 향해 발을 뗐다.

"누리야."

어디선가 아줌마 목소리가 들리는 것 같았다.

나는 소리 나는 쪽으로 고개를 돌렸다.

"누리야, 누리야, 개누리."

아줌마가 나를 부르며 언덕 아래에서 올라오고 있었다. 그 순간 나는 아줌마를 향해 쏜살같이 달렸다.

당선소감 | 이연숙

모든 아이는 이야기의 주인공

내가 쓴 동화가 처음으로 신문에 활자화된 것은 대학 2학년 때였습니다. 과제로 제출한 창작 노트 속에 멋모르고 써놨던 〈풀잎 이야기〉가 학보 주간 교수님의 추천으로 학교 신문에 실린 것이죠. 그때의 씨앗이 이제야 싹트나 봅니다. 그래도 다행입니다. 씨앗이 마르거나 썩지 않아 정말 다행입니다.

교직에 몸담고 있을 때는 모든 아이는 이야기의 주인공이라고 생각했지만, 아직 동화 속의 주인공으로 만들지 못하고 있었습니다.

저에게 손 내밀어 주신 불교신문에 먼저 감사드립니다. 문학이라는 큰 산에 저의 작은 목소리도 함께 할 수 있게 제 작품을 선택해 주신 심사위원 선생님께도 머리 숙여 깊은 감사의 마음을 전합니다.

이제 더 큰 용기와 힘을 얻어 동화의 세계로 푹 들어가 보겠습니다. 자유와 따뜻함을 전하는 글을 쓰고 싶습니다. 틈만 나면 놀고 싶어 하는 아이들에게 더 놀아보라고 활짝 문 열어주지 못한 아쉬움이 컸습니다. 지금부터 이야기 속에 하나하나 주인공으로 초대하고 싶습니다.

언제나 장점을 찾아주고 인정하면서 지도해주신 이성자 교수님 감사합니다. 같이 창작 공부를 하는 창작 연구소 글벗, 특히 합평하는 솔샘 글벗들과 기쁨을 나누고 싶습니다. 알게 모르게 격려하고 지켜주는 가족도 고맙고 사랑합니다.

앞으로도 더 많은 이야기를 통해 따뜻한 감성을 나눌 수 있도록 노력하겠습니다. 다시 한번, 이 기쁨을 주신 모든 분께 감사드리며 하얗게 눈 내린 오늘 누리와 함께 들판으로 산책하러 나가야겠습니다.

심사평 | 방민호(문학평론가, 서울대 국문과 교수)

놀고 싶은 아이의 순수한 마음 돋보였다

불교적인 소재, 주제를 표현한 동화 작품들이 많이 응모된다. 절대, 이 소재나 주제만으로 배제하는 법은 없다. 오히려 신문이 〈불교신문〉이니만큼 오히려 주의해서 읽는다. 불교의 깨달음 추구와 아이들, 소년들의 마음을 연결 짓는 방식은 결코 쉽지 않다. 그래선지 딱 떨어지는 작품을 찾아보기 힘들다. 그뿐이다. 늘 좋은 작품을 기다리고 있다.

공상적이거나, 첨단적인 기술 문명의 맥락에서 찾은 작품들도 결코 그 자체로 밀쳐놓는 법은 없다. 언제나 그것은 그것대로 얼마나 완미한 구성을 이루고 있으며, 주제의식이 얼마나 '똑' 떨어지느냐를 살필 뿐이다.

여러 훌륭한 작품들 가운데에서 결국 당선작으로 선정한 작품이 〈놀고 싶어서〉다. 이 작품은 '개'의 마음으로 세상을 보는, 흔한 소재의 동화다. 의인화는 아이들의 마음에 가까워질 수 있는 가장 손쉬운 기법이기도 하다.

그런데 '놀고 싶어서'는 작품이 심히 자연스럽고도 맛깔스럽다. 결말에서 다시 주인에게로 돌아가는 마음의 갈등도 많은 것을 생각게 한다. '자유'와 '구속'의 아이러니는 만해 한용운의 시에서도 노래한 문제가 아니던가. 아이의 순수한 마음 세계와 이 주인공 '개'의 마음이 똑 고르게 연결될 수 있었다고 생각된다.

당선작을 출품하신 작가에게 큰 축하를 드리며 더욱 정진해 주실 것을 당부 드린다.

서울신문

민 지 인

2024 KB창작동화제 대상 수상
2025 〈서울신문〉 신춘문예 동화부문 당선
wldsl7@naver.com

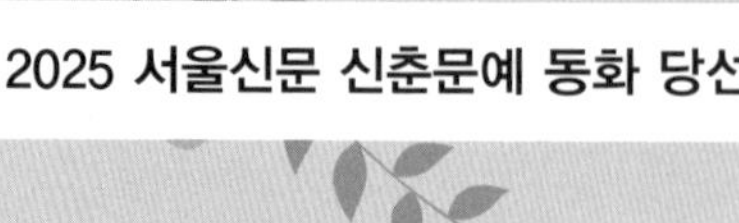
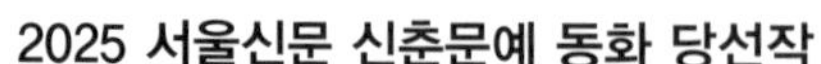

정전의 밤

민지인

늦은 밤, 나는 침대에 누워 휴대폰 화면 속 로아를 보며 말했다.

"솔, 빛, 언, 니. 따라 해 봐. 솔빛 언니!"

로아는 태어난 지 12개월 된 아현이의 여동생이다. 옆으로 늘린 내 입 모양이 웃겼는지 로아가 양 볼이 빨갛게 웃었다. 내가 아현이한테 영상통화를 거는 이유는 단 하나, 머리털이 새싹처럼 자란 로아가 보고 싶어서다. 아현이가 입을 삐죽거리며 말했다.

"로아 있잖아. 엄마 나가니까 좀 전까지 엄청 울었어. 나도 언니인데 완전 서운해."

아현이는 5학년이 되어 친해진 친구다. 같은 아파트에 살고 어린 동생이 있다는 걸 알고 좋아졌다. 외동인 나는 아현이가 부러웠다. 심심할 틈이 없겠지?

"어디가 불편한 거 아니야? 배고프거나, 응가를 했던가?"

"그런가?"

아현이가 휴대폰을 내려놓았는지 깜깜한 화면에 말소리만 들렸다.

"진짜네? 으. 냄새. 엄마한테 기저귀 가는 법 좀 물어보고 올게!"

전화를 끊자 밖에서 설거지하는 소리가 들렸다. 방문을 열어 아빠의 뒷모습을 보았다. 아빠가 고무장갑을 털어 개수대 위에 올려놓고 인기척을 느꼈는지 뒤를 돌았다.

"누구랑 무슨 통화를 그렇게 재밌게 해?"

"아현이."

"아현이가 누구더라?"

아현이는 동그란 안경이 잘 어울리는 애라고 여러 번 말했지만, 아빠는 깜빡깜빡한다. 작년에 부모님이 이혼한 뒤 나는 아빠와 둘이 산다. 그 이후 아빠는 한숨이 늘었고 나는 말수가 줄었다.

거실로 나가는 그때였다. 순식간에 모든 전등불이 꺼졌다. 에어컨 소리도 멈췄다. 베란다로 갔다. 아파트 전체가 잠든 듯 어둡고 고요했다. 베란다 문을 열고 주변을 둘러보니 다른 주민들도 나처럼 베란다로 나와 양옆을 기웃거렸다. 아빠가 투덜댔다.

"이 더운 날 정전이야? 시대가 어느 때인데."

조금 있다가 안내 방송이 흘러나왔다.

'아파트 주민 여러분. 현재 정전의 원인을 파악 중이니 동요하지 마시고 차분히 기다려주시기 바랍니다.'

아빠는 안방에서 손전등을 꺼내 빛이 천장을 향하도록 거실 탁자 위에 세워두었다.

"기다려보자. 금방 복구될 거야."

나는 아현이에게 다시 전화를 걸었다.

"괜찮아? 로아는?"

"울고불고 난리 났어. 너희 집도 정전이지?"

"응. 엄마한테 전화했어?"

"했지. 오는데 30분은 걸린대. 아빠는 출장 가서 내일 오고……. 엄마가 시키는 대로 기저귀 갈았는데 왜 울지. 잠깐만 지금……"

아현이가 뭘 잘못 눌렀는지 전화가 뚝 끊겼다. 안내 방송이 나왔다.

"현재 정전의 원인이 변압기의 용량 부족으로 보입니다. 한 시간 이내로 복구할 예정이오니 주민 여러분들께서는 침착하게 기다려주시길 바랍니다."

한 시간이라니. 길다. 아빠는 소파에 앉아 애꿎은 노트북 키보드만 두드렸다. 오늘도 남은 회사 일이 많나 보다. 고민 끝에 아빠에게 물었다.

"아빠. 나 친구네 집 좀 갔다 와도 돼?"

"지금은 위험하지."

"친구가 동생이랑 둘만 집에 있는데 걱정돼서. 동생이 애기인데 계속 우나 봐. 응가를 해서 기저귀를 갈아줬는데도 운대."

아빠는 노트북과 나를 번갈아 보더니 한숨을 푹 쉬었다. 그리고 엉거주춤 일어섰다.

"아빠도 같이 가. 꼭 가야 한다면."

그건 예상에 없었는데…… 어쩔 수 없다. 아현이에게 아빠와 집에 가도 되냐고 묻자 집 주소가 적힌 메시지가 왔다. 아현이는 넉살이 좋아서 "아저씨! 다음에 로아랑 집 놀러 가도 되죠?"라며 호들갑을 떨게 분명하다. 그나저나 아현이의 집은 다른 동 18층인데……. 방금 나눈 말들을 주워 담고 싶었다.

우리는 휴대폰만 챙겨 집을 나섰다. 문을 열자 뜨거운 열기가 훅 끼

쳤다. 우리 집은 12층. 엘리베이터가 멈췄으니 1층까지 걸어 내려가야 한다. 아빠가 검은 반바지를 추켜올리며 휴대폰의 손전등 기능을 켰다.

"조심해서 걸어. 뛰지 말고."

"아빠도 조심해."

며칠 전 아빠는 콧등에 반창고를 붙이고 나타났다. 일하다가 다쳤다고 했지만 아빠는 IT 개발자이다. 내가 바보도 아니고 그런 거짓말을 하다니. 술 먹고 고꾸라진 게 틀림없다. 10층으로 내려가는 데 밑에서 구시렁거리는 소리가 들렸다.

"망할 놈의 아파트. 이십 년 넘으니 멀쩡한 것이 하나도 없어. 염병."

나도 모르게 아빠의 팔목을 움켜잡았다. 팔이 축축했다. 아빠는 안심하라는 듯 내 어깨를 두들겼다. 빛을 비춰보니 강아지 버들이를 끌어안은 1005호 할머니다. 할머니가 버들이를 내려놓자 버들이가 꼬리를 흔들며 컹컹 짖었다. 할머니가 아빠에게 물었다.

"이 난리에 어디 가셔?"

"급하게 갈 곳이 있어서요."

"아아. 근데 둘이 부녀지간이야? 같이 있는 걸 본 적이 없어서 몰랐네. 호호."

나는 버들이를 쓰다듬었다. 버들이는 할머니가 노인정에 갔을 때 내가 종종 산책을 시키는 갈색 푸들이다. 내가 놀이터에서 혼자 그네를 타면 할머니는 나에게 버들이를 맡겼다. 우리는 버석거리는 나뭇잎을 밟고 화단의 꽃을 구경하며 친구가 되었다.

아빠가 버들이를 만지려 하자 버들이가 이를 드러냈다. 할머니가 말했다.

"얘는 남자 어른을 안 좋아해요. 영감이 살아생전 엉덩이를 자꾸 걷어차서 말이야."

"예? 예……"

나는 웃음을 참으며 버들이의 턱을 긁어주었다.

"버들아. 이 사람은 우리 아빠야. 아빠."

그래도 버들이는 컹컹 짖으며 경계 태세를 갖췄다. 버들이에게 아빠가 야근이 많다고 투덜댔는데 알아들은 걸까? 내려가려는데 할머니가 다시 불렀다.

"그런데 12층 아저씨. 한겨울에 애 슬리퍼만 신기지 마요. 예?"

아빠는 머리를 긁적이며 머리를 조아렸다. 맞다. 지난겨울에 슬리퍼를 신고 다니다가 할머니한테 혼났다. 다시 계단을 내려가는데 아빠가 휙 뒤돌았다. 깜짝 놀라 계단 한 칸을 훅 올랐다.

"솔빛. 왜 겨울에 슬리퍼 신고 다녔어. 어?"

"슬리퍼가 편해."

"구멍 뚫린 데로 눈이 막 들어왔을 거 아니야."

"그게 좋은데. 구멍으로 눈이 숭숭 들어와서 발이 젖는 거."

"좋다고? 그리고 저 강아지 이름은 어떻게 알아. 사나워 보이던데."

"하나도 안 사나워. 아빠가 낯설어서 그래. 나랑 산책도 하는 사이인걸."

나는 아빠를 앞질러 내려갔다. 아빠는 위험하다며 나를 등 뒤로 세웠다. 3층에 도착해 모퉁이를 도는 그때였다.

"아악!"

아빠가 뭔가와 부딪혀 무릎을 부여잡고 깽깽이걸음을 했다. 빛을 비춰보니 킥보드 하나가 엎어져 있었다. 잠시 후 킥보드 앞 현관문이 열렸다. 얼굴을 빼꼼 내민 남자아이는 나보다 키가 한 뼘 작았다. 아빠가 짜증스럽게 입을 열었다.

"얘. 여기다가 킥보드를 놓으면……"

"어? 우리 학원에서 피아노 제일 잘 치는 누나다!"

빛을 비춰보니 같은 피아노학원에 다니는 파마머리 남자아이다. 3학년이던가. 내가 피아노 칠 때 창문으로 엿보던 아이. 갑자기 사탕을 한 주먹 주던 아이.

뭔가를 오물거리던 남자아이는 상황을 보더니 집으로 들어가 양손에 자기 주먹만한 토마토를 들고 나왔다.

"누나 이거 먹어! 아저씨도 드세요!"

우리는 얼결에 토마토를 받았다. 맞다. 이 아이는 피아노 연습을 안 했을 때 선생님께 사탕이나 초콜릿을 한 움큼 내민다. 잘못을 모면하려는 거다. 내가 잘못한 게 있을 때 아빠에게 학교에서 만든 엉터리 작품을 내미는 것과 똑같다. 남자아이가 집으로 들어간 뒤 아빠의 무릎을 내려다보았다.

"괜찮아?"

"코에 비하면 멀쩡해. 저번에 회식 끝나고 계단에서 엎어진 거 생각하면……"

아빠가 아차 싶었는지 입술에 힘을 꽉 주었다. 나는 고개를 가로저었다.

"그럴 줄 알았어."

"뭐, 뭐를?"

"술 냄새 없애려고 집 앞에서 탈취제 뿌리는 것도 다 알아. 내가 바보야?"

아빠가 콧잔등을 실룩이니 반창고가 구겨졌다. 아빠는 말을 돌렸다.

"근데 쟤 너 좋아하나 보다. 널 보고 얼굴이 환해졌어."

생각해 보니 아빠 말이 맞는 것 같았다. 나한테는 잘못한 것도 없는데 사탕을 줬으니까. 안 되는데……. 정말 날 좋아하나?

공동 현관문을 나가니 밤바람이 불었다. 땀으로 끈적해진 몸이 시원했다. 화단을 지나 단지 중앙에 사람들이 모여있었다. 각자 미니 선풍기와 부채를 들고 더위를 식혔다. 우리도 그쪽으로 갔다. 아빠가 땀을 닦고는 토마토를 내밀었다.

"이것만 먹고 갈까?"

고개를 끄덕였다. 밖에서 보니 토마토가 더 빨갛게 보였다. 토마토를 한 입 깨물었다. 새콤달콤했다. 내 옆에 있는 조그만 여자아이가 자기 엄마의 옷자락을 잡아당기며 하늘을 가리켰다.

"엄마! 별! 별!"

우리는 동시에 하늘을 올려다보았다. 유난히 별이 더 잘 보였다. 가만히 서서 눈을 감으니 바람 소리, 매미 소리, 풀벌레 우는 소리가 들렸다. 아빠가 한 발 가까이 오더니 나지막하게 물었다.

"근데 아까 걔가 고백하면 사귈 거야?"

"뭐?"

"걔는 공중도덕이 없어. 사과도 안 하고 말이야. 아빠는 반대다."

어이가 없어서 웃음이 났다.

"토마토 내밀었잖아. 그게 사과야."

"토마토가?"

"나도 그래. 저번 주 월요일 날 아빠한테 학교에서 만든 아크릴 무드등 줬잖아. 그날은 아빠가 생일선물로 사준 무선이어폰이 고장난 날이었고."

"그랬지."

"이어폰, 친구가 고장 냈다고 했잖아. 사실 내가 고장 낸 거거든. 친구랑 장난치다가 떨어졌는데 내가 밟았어…… 미안."

"으이구. 근데 그 무드등 왜 불이 안 들어와? 물어볼까 말까 하다가 말았는데. 혹시 아빠가 고장 냈나?"

"그거 처음부터 안 됐어. 내 거만 불량이었나 봐."

"그럼 고쳐 달라고 하지 그랬어. 이따 고쳐봐야겠네."

나는 다시 하늘을 봤다. 이왕 이렇게 된 거 아빠한테 하나 더 말하고 싶었다. 아빠가 3층 아이와 나를 오해하니까.

"그리고 나 남자 친구 있어."

"뭐? 누구?"

"김민찬이라고 있어. 우리 반. 근데 헤어질 거야. 걔 5반 유채린 좋아하는 거 같아."

그때 아현이에게 '언제 오냐'는 톡이 왔다. 그게 구조 신호처럼 느껴져서 입을 쓱 닦고 아빠의 팔을 잡아끌었다. 아빠는 김민찬이 어떤 자식이냐며 중얼댔다.

"빨리 가자. 응?"

아현이네 동 앞에 도착했다. 공동 현관문은 정전 때문인지 열려있었다. 우리는 마주 보고 고개를 끄덕였다. 목표는 18층. 시작이다! 1층,

2층…… 5층에 올라서자 힘에 부쳤다. 아빠는 계단에 주저앉아 숨을 몰아쉬었다. 나는 아빠 옆에 나란히 앉았다.

"맨날 앉아만 있어서 그런지 힘들다. 솔빛이는 잘 걷네. 옛날이랑 다르게."

"당연하지. 나 체육 엄청 잘해. 줄넘기도 연속으로 100개 할 수 있어. 몰랐지?"

"몰랐네. 이제 너가 앞장서서 가."

아빠가 올라가는 계단에 불빛을 비췄다. 내가 한 발 내딛는데 아빠가 뒤에서 말했다.

"그, 있잖아. 아빠가 솔빛이에 대해 너무 몰라서 미안해."

나는 잠시 망설이다가 입을 열었다.

"나도 이것저것 말 안 한 거 미안해……."

어두우니까 용기가 생겼다. 아빠도 그런 거겠지? 어두운 게 꼭 나쁜 건 아닌 것 같다. 아빠와 내가 비추는 빛이 맞닿자 빛이 길게 이어졌다.

마침내 18층에 도착했다. 문밖까지 로아 우는 소리가 들렸다.

우리는 거실에 모여 앉았다. 아현이는 손전등으로 빛을 비추고 나는 코끼리 인형을 흔들며 로아를 달랬다. 아빠는 거실 매트 위에 로아를 눕혔다. 그리고 기저귀를 다시 확인했다.

"응가가 잘 안 닦여서 불편했나 봐. 그리고 기저귀는 이렇게 바짝 붙이면 안 돼."

아빠는 로아의 엉덩이를 물티슈로 닦고 기저귀를 다시 갈았다. 아빠가 로아의 등을 토닥이며 아기 침대 위에 눕히자 울음소리가 잦아들었다. 아빠가 속닥였다.

"솔빛이도 어렸을 때 얼마나 울었는지 몰라. 원하는 걸 얻을 때까지 울었다고. 엄마가 얼마나 힘들어했는지 몰라. 그래서 기저귀 갈기는 항상 아빠 담당이었어."

"솔빛이 애기 때 그렇게 까탈스러웠어요? 너 지금이랑……"

아현이가 시간을 끌더니 힘주어 말했다.

"똑같다."

나는 아현이의 등을 때렸다. 로아는 울다 지쳤는지 새근새근 잠들었다. 아현이는 안도의 한숨을 내쉬었다. 그때였다. 전등불이 반짝 들어왔다. 우리는 소리 없이 환호했다. 그러다 아빠를 보고 웃음이 터졌다. 아빠의 앞머리가 미역 줄기처럼 이마에 착 달라붙어 있었다. 아빠는 '쉿' 하고 입술 위에 검지를 올렸다. 나는 까금발을 하고 거실 불을 껐다. 우리가 애써 재운 로아가 다시 깨면 안 되니까.

오늘은 나도 로아처럼 푹 잠들 수 있을 것 같았다.

당선소감 | 민지인

저는 제대로 할 줄 아는 게 없는 어린이였습니다. 공부도 못하고 신발끈도 혼자 못 묶고 발표를 할 때면 덜덜 떨어서 선생님들이 "너 괜찮니?"라고 물었습니다. 그러다 보니 저의 쓸모에 대해 오래 생각했는데, 제가 유일하게 잘하는 건 책을 읽고 이야기를 만드는 것이었습니다.

쓰는 사람이 되고 싶다는 마음으로 이곳저곳을 기웃거렸습니다. 그러다가 대학 수업에서 우연히 아동문학을 만났습니다. 소설은 분노로도 쓸 수 있지만 동화는 사랑으로 다가갈 수밖에 없다던 유은실 작가님의 인터뷰 글이 저를 동화의 세계로 이끌어주었습니다. 저는 사랑이 전부라고 생각하는 사람이니까요.

일터에서 만나는 어린이들이 저에게 가장 많이 하는 부탁이 신발끈을 묶어달라는 건데요, 다행히 저는 느리지만 신발끈을 묶을 줄 아는 어른으로 자랐습니다. 꽉 묶인 신발끈처럼 어린이들이 어디든 달려 나갈 수 있도록 지지하는 글을 쓰겠습니다.

예민함으로 똘똘 뭉친 저를 사랑으로 키워주신 부모님께 감사합니다. 글쓰기의 모든 것을 아낌없이 알려주신 조광화 선생님, 아동문학만큼이나 제가 짝사랑했던 김지은 선생님, 그리고 어린이책작가교실의 정해왕 선생님께 감사합니다. 제 글의 가능성을 봐주신 송수연, 송미경 선생님께도 깊이 감사드려요. 내 껌딱지인 복덩이 추추, 사랑해! 나영, 한빛, 예린, 슬기, 시윤 스터디 친구들에게도 고맙습니다. 너희들이 없었다면 지금보다 쓸쓸하고 외로웠을 거야. 나의 다정한 편집자 은아에게도 고맙다는 말을 전하고 싶습니다. 그리고 이 어려운 시기에 좋은 책을 만들기 위해 고생하시는 아동문학 작가님들과 어린이책 출판사 관계자분들에게도 독자로서 감사합니다. 마지막으로 매번 휘청거리는 저를 이끌어주신 하나님께 감사드립니다.

심사평 | 송수연(아동청소년문학평론가) · 송미경(동화작가)

아이들 시선 통해 회복해야 할 것들을 되돌아보는 동화

이번 응모작들은 대체로 작품의 수준이 고르고 숙련된 작품이 많아서 본심에 오를 작품을 고르는 과정이 쉽지 않았다.

본심에 올린 여덟 편의 작품은 분위기와 완성도에서 유사점이 많았다. 자극적인 소재와 표현이 없고 어린이의 일상을 다양한 시각에서 다양한 기법과 장르로 고르게 표현했으며 전체적으로 완성도가 높았다. 그중 논의를 거쳐 총 네 편의 작품을 최종심에 올렸다.

'비온 뒤 맑음'은 장르적 성격을 내포한 작품으로 비 온 뒤에 만나게 된 친구와의 과정을 짜임새 있고 잔잔하게 잘 그려냈으나 서사의 음영이 다소 흐릿했다.

'내가 뭘 잃어버린 걸까?'는 주인공이 어릴 때 살던 곳에서 우연히 친구들을 만나는 과정을 몽환적으로 잘 그려냈다. 다만 잊었던 관계를 현실의 관계로 붙잡은 결말과 우연을 이끄는 과정의 개연성이 다소 아쉬웠다.

'비상금이 사라졌다'는 책 사이에 숨겨 두었던 비상금을 찾기 위해 주변의 친구들을 의심하며 자신의 기억을 더듬어 보는 과정을 흥미롭게 표현했다. 원고를 퇴고하는 과정에서 인물 간의 대사에 사소한 오류가 있었다.

이 세 편은 완성도가 높았으나 아쉬운 점도 있어서 당선작으로 '정전의 밤'을 선정했다.

'정전의 밤'은 아파트가 정전되고 친구의 어린 동생을 돌봐주기 위해 어두운 아파트 계단을 지나 옆 동에 사는 친구 집에 도착하는 이야기다. 이 동화는 정전으로 사물을 볼 수 없게 된 순간 비로소 발견하게 되는 것들을 다루고 있는데 소재를 자극적으로 사용하지 않고 잔잔하게 풀어가면서도 다양한 공간을 활용하여 긴장감을 유지하고 극적 효과를 높였다. 이웃과의 만남과 대화를 통해 아이가 평상시에 삶으로 깔아 놓은 길을 아빠가 초대되어 함께 가는 여정을 자연스럽고 잔잔하게 표현했다.

이 동화는 우리가 회복해야 할 것들, 우리가 들여다보고 빛을 비춰야 할 자리를 돌아보게 한다. 어린이의 삶과 시선을 통해야만 볼 수 있는 것, 작은 빛으로만 볼 수 있는 것, 어둠을 관통해야 만날 수 있는 진실된 온기가 감동을 준다.

응모해주신 모든 분들에게 격려와 감사를, 당선자에게 축하를 보낸다.

전북일보

김정숙

1961년 전북 고창 출생
한국방송통신대학 국문과 졸업
저서: 《딜쿠샤, 희망의 집》, 《정애와 금옥이》, 《오줌싸개 달샘이의 대궐입성기》
2005년 샘터상 수상
2025년 《전북일보》 신춘문예 동화부문 당선

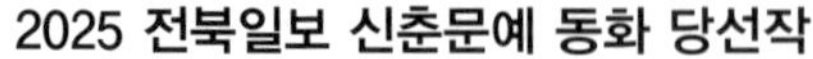

재주내기 한판 할래

김정숙

구름산 꼭대기 큰 바위굴에 도깨비 가족이 살고 있어요. 아빠도깨비는 예전에 씨름 잘하기로 유명했고요. 엄마도깨비는 재주꾼 '참'으로 뽑혔대요. 이 부부에게 태어난 도깨비 '더잘난'은 힘이 세고 재주가 뛰어났어요. 쓰러진 통나무를 번쩍번쩍 들어 올리는 것도 식은 죽 먹기고요, 남의 목소리를 흉내내는 성대모사 재주가 보통이 넘었어요.

"마을에 내려가 재주내기 한판 할래!"

배운 재주를 자랑하고 싶어 안달이 난 더잘난이 아빠를 졸랐어요.

"더잘난, 마을은 위험해. 차도 많고. 더구나 도깨비 재주보다 센 휴대폰이 사람들 혼을 쏙 빼갔다는 소문이 있어."

"그럼, 휴대폰이랑 재주내기 할래!"

더잘난은 재주 대결할 생각을 하자 힘이 불끈 솟았어요. 휴대폰과 재주내기를 한다면 이길 자신이 있었거든요.

안개가 아랫마을의 높은 건물을 다 잡아먹은 밤이었어요. 엄마아빠가 잠든 걸 확인한 더잘난이 쏜살같이 산 아래로 내려왔어요.

거리엔 자동차가 씽씽 달리고요, 사람들이 북적북적했어요. 가게마다 색색의 전깃불을 켜고 사람들이 모여 웃고 떠들었어요. 더잘난은 자동차 지붕에 올라타 보기도 하고, 사람들 다리를 걸어 넘어뜨리기도 했어요. 더잘난이 장난을 치며 돌아다녀도 관심을 갖는 사람이 아무도 없었어요. 사람들은 휴대폰으로 통화를 하거나, 사진을 찍고, 검색하기 바빴어요. 아빠 말처럼 휴대폰의 재주에 사람들이 모두 홀린 것 같았어요.

더잘난은 이리저리 돌아다니다가 의자에 앉아있는 남자아이를 봤어요. 휴대폰에 코를 박고 있는 아이는 더잘난이 옆에 앉는 줄도 몰랐어요.

"야, 나랑 재주내기 한 판 하자!"

"싫어!"

아이는 고개도 들지 않고 짜증을 냈어요. 더잘난이 아이를 슬쩍 밀었어요. 아이가 휴대폰을 들고 땅바닥에 주저앉았어요.

"헉!"

더잘난과 눈이 마주친 아이가 흠칫했어요. 더잘난이 혓바닥을 쏙 내밀었어요. 아이가 벌떡 일어나 뒷걸음을 쳤어요.

"나랑 한 판 붙자!"

"바빠. 학원가야 돼."

더잘난이 아이의 다리를 덥석 잡았어요. 아이는 다리를 잡히지 않으려고 버둥댔어요.

"재주 내기 하자!"

"안 돼. 바쁘다고!"

아이가 신경질을 부리며 더잘난을 노려봤어요. 아이의 관심을 끌려고 더잘난이 공중제비를 돌았어요. 아이의 입꼬리가 잠깐 올라갔다가 금세 내려왔어요.

"첫 별거도 아니면서. 요건 손만 까닥하면 다 해주는데."

아이가 휴대폰을 흔들어 보였어요. 아이의 손가락이 움직일 때마다 휴대폰 속에서 노래를 부르고, 게임을 하고, 춤도 추었어요. 휴대폰의 재주는 더잘난의 상상을 뛰어 넘었어요. 또 친구도 사귀고, 아무리 멀리 있어도 금방 소식을 전할 수 있대요.

"이제 알겠니? 네 재주가 얼마나 시시한지."

아이가 휴대폰을 더잘난 코앞에 들이댔어요. 더잘난은 휴대폰의 놀라운 재주에 정신이 아찔했어요. 엄마, 아빠보다 더 뛰어난 자신의 재주가 시시한 취급을 받아 속도 상했어요. 더잘난이 어리둥절해 있는 사이 노란차가 달려와 아이를 태우고 떠났어요.

더잘난은 휴대폰 재주에 밀리긴 했지만, 구름산으로 돌아가기 싫었어요. 자신의 재주를 알아주고 좋아하는 사람을 꼭 만나고 싶었어요. 더잘난은 색색의 전기불이 켜져 있던 홍청거리에 다시 가보기로 했어요. 그 거리에 유난히 사람이 많았거든요. 너무 빠르게 달려 사람들이 그냥 지나쳤는지 몰라 이번에 천천히 걷기로 했어요.

더잘난은 사람들이 많이 모여 있는 광장에 가서 발랑발랑 재주넘기를 했어요. 때마침 사진을 찍고 있던 사람이 더잘난의 재주넘기를 보고 뛰어왔어요.

"와, 도깨비다. 같이 사진 찍어요!"

젊은 여자 두 명이 더잘난에게 사진을 찍자고 했어요. 어깨가 으쓱해진 더잘난은 젊은 여자들과 어깨동무를 하고 사진을 찍었어요. 여자들이 더잘난과 찍은 사진을 SNS에 올리자 사람들이 구름처럼 몰려왔어요. 더잘난은 사람사이에서 옴짝달싹도 못하고 사진만 찍혔어요. 이리저리 떠밀리고 더잘난은 숨이 막힐 지경이었어요.

사람들 등쌀에 더잘난은 흥청거리가 싫어졌어요. 더잘난은 재주를 부리는 척하다가 작은 골목으로 달아났어요. 사람들이 따라오지 않는 것을 확인하고, 구름산이 있는 산등성이 마을로 향했어요.

높은 빌딩이 많은 산 아래와 달리 산비탈 마을은 지붕이 낮은 집이 다닥다닥 붙어있었어요. 골목길 입구에 가로등이 켜있고 허리가 굽은 사람이 느릿느릿 움직이는 게 보였어요. 가까이 다가간 더잘난이 전봇대 뒤로 숨었어요.

"비가 오려나. 무릎이 콕콕 쑤시네."

볼이 홀쭉하고 이마에 주름이 깊게 파인 할머니가 중얼거렸어요. 할머니는 몹시 고통스러운 듯 옆에 세워둔 수레를 잡고 일어서려고 했어요. 비틀거리던 할머니가 엉덩방아를 찧으며 주저앉았어요. 더잘난이 가로등 아래로 달려갔어요.

"할멈 괜찮아?"

더잘난이 할머니를 부축했어요. 허리를 편 할머니가 더잘난을 뚫어져라 쳐다보았어요.

"이게 누군 겨? 도깨비 아녀?"

"헤헤. 할멈, 나 가짜 도깨비야."

더잘난은 흥청거리 사람들이 생각나 거짓말을 했어요. 할머니가 고개를 절레절레 흔들었어요.

"내 눈은 못 속여. 넌 진짜 도깨비구먼. 이게 얼마만이여?"

할머니가 더잘난의 손을 잡고 눈물을 글썽였어요. 반가워하는 할머니 덕분에 기분이 좋아진 더잘난이 생글거렸어요.

"할멈, 나랑 재주내기 한판 어때?"

"이 늙은이랑 재주내기를?"

할머니가 옷소매로 눈물을 찍어내며 웃었어요. 그때 할머니 목에 걸린 휴대폰이 윗옷 사이로 삐져나왔어요. 휴대폰을 발견한 더잘난이 뒷걸음을 쳤어요.

"할멈도 있네."

더잘난이 휴대폰을 가리켰어요. 할머니가 품에서 휴대폰을 꺼내 조심스럽게 어루만졌어요. 할머니 손이 움직일 때마다 손등의 굵은 힘줄도 따라 꿈틀거렸어요.

"늙은이가 전화할 때가 어디 있남? 혹시나 아들한테 연락 올까 가지고 다니는 거지. 한 달 요금이 쌀 한 말 값이 넘는구먼."

할머니는 휴대폰을 한참 들여다보다가 다시 품에 넣었어요.

"도깨비도 돌아 댕기는구만. 잘 있다고 전화 한번 할 것이지."

"할멈, 전화 기다려?"

"좋은 전화 갖고 다니면 혹시나 연락 올까 했지. 다 쓸모없는 짓이구먼. 자식 놈 목소리 한번 듣는 게 소원인데……. 전화가 안 와."

"그럼 할멈이 전화해."

"전화를 받아야지……."

할머니가 말꼬리를 흐리자 더잘난도 함께 시무룩해졌어요. 만능 재주꾼인줄 알고 부러워했던 휴대폰이 할머니를 더 쓸쓸하게 하는 것 같았어요.

"쳇, 재주가 많으면 뭐해? 할멈 마음도 모르면서."

더잘난이 할머니의 앞섶을 노려봤어요. 할머니가 수레를 끌고 언덕길로 향했어요. 어둠속으로 할머니가 사라지자 더잘난이 외쳤어요.

"할멈, 기다려!"

순식간에 할머니를 따라잡은 더잘난이 수레를 언덕에 올려놓았어요.

"호오, 힘이 장사네."

"맞지? 할멈. 내 재주 아직 쓸 만하지?"

할머니의 칭찬에 으쓱해진 더잘난은 공중제비를 휙휙 돌았어요. 그리고 휴대폰에서 보았던 아이돌 가수 춤을 흉내 냈어요. 할머니가 앞니를 드러내고 웃었어요.

"할멈, 정말 재밌어?"

"암, 재밌고말고!"

할머니가 어린아이처럼 손뼉을 치며 벙싯거렸어요. 재주를 실컷 뽐낸 더잘난이 할머니에게 작별 인사를 했어요. 할머니 얼굴이 어두워졌어요. 더잘난도 할머니랑 헤어지는 게 섭섭해 발걸음이 무거웠어요. 몇 발짝 걸었는데 할머니의 소곤거리는 소리가 들렸어요. 더잘난이 뒤를 돌아봤어요. 할머니가 휴대폰을 들고 혼잣말을 하고 있었어요. 더잘난이 살금살금 되돌아왔어요.

"아들, 전화 좀 받아. 오늘따라 할 말이 많구먼."

더잘난은 휴대폰에서 무슨 소리가 들릴까 바짝 다가갔어요. 휴대폰의 신호음이 울렸어요. 신호가 끝나고 음성사서함으로 넘어간다는 안내가 나왔어요. 잠시 머뭇거리던 할머니가 휴대폰에 대고 말을 했어요.

"아들, 도깨비처럼 불쑥 나타나도 괜찮아. 애미 안 놀랜다."

음성사서함을 닫은 할머니가 다시 전화번호를 눌렀어요. 할머니 표정이 점점 어두워졌어요. 지켜보던 더잘난의 주먹에 힘이 들어갔어요. 실망한 할머니가 전화를 끊으려고 했어요. 그때, 더잘난이 움칠하더니 할머니 전화 속으로 쑥 빨려 들어갔어요.

"엄니, 나야! 아들!"

할머니가 놀라 휴대폰을 떨어뜨렸어요. 휴대폰 속에서 남자의 목소리가 흘러나왔어요.

"도깨비처럼 나타나도 안 놀랜다고 했잖아."

"정말 내 아들 맞는 겨?"

"엄니, 아들 목소리도 잊었어?"

"그럴 리가. 내 아들 목소리 맞다."

할머니가 휴대폰을 쓰다듬었어요. 휴대폰 속에서 엄니, 엄니, 라고 부르는 소리가 들렸어요. 할머니가 우는 아이를 달래듯 가만가만 속삭였어요.

"아가, 오늘 말이여. 도깨비를 봤다. 너도 어릴 때 도깨비불 본 적 있지. 비올 때 앞산에 도깨비불이 꽃처럼 피었구만. 기억나냐? 너는 무섭다고 내 등 뒤로 숨었어. 고놈들이 어찌나 장난이 심하던지 앞마당까지 불을 켜고 왔지. 그런 밤은 넌 꼭 오줌을 쌌단다. 아가, 너도 도깨비처럼 불쑥 나타나도 괜찮다."

"알았어. 엄니, 내가 도깨비처럼 불쑥 나타나도 놀래지마."

할머니 휴대폰 속에서 나온 더잘난이 구름산으로 쏜살같이 뛰어갔어요.

당선소감 | 김정숙

손녀를 사랑하는 마음으로 동화쓰기에 정진하겠다.

3살짜리 손녀가 감기에 걸렸어요. 어린이집에 못 가고 답답해하길래 도서관에 갔지요. 널찍한 유아실이 놀이터인 줄 알고 뛰는 손녀를 잡으러 다니다가 당선 전화를 받았어요.

동화 쓰기를 시작하고 20년 만에 기적이 일어났습니다. 이런 영광의 순간은 항상 남의 일이라고 생각했는데, 믿기지가 않았어요.
공모전에 수없이 떨어지고 좌절하던 날들이 주마등처럼 스쳤지요.

글쓰기에 재능도 없는데 헛꿈을 꾸는 건 아닐까. 동화에서 도망갈 궁리를 찾는데, 딸이 육아를 부탁했어요.
헛된 꿈보다 손녀 육아가 보람 있는 일인 것 같았어요.
손녀와 개미와 벌, 나비를 쫓아다니느라 동화는 잊어버렸어요.
3월 손녀가 어린이집에 가자 다시 동화를 쓰기 시작했습니다.

당선이 더욱 기쁜 건, 내 고향 신문에 작품을 선보이게 된 것입니다.
중학교를 졸업하고 떠나왔지만 잊은 적 없는 사랑하는 고향, 전라북도. 고향 신문에 작품이 당선되어 영광이고 기쁨입니다.

잊을 수 없는 크리스마스 선물을 안겨준 전북일보 관계자 분들, 부족한 제 동화를 읽어주고 당선작으로 밀어주신 심사위원분들, 감사합니다. 이제 손녀를 사랑하는 마음으로 동화 쓰기를 멈추지 않겠습니다.

거친 초고를 읽어주는 글벗 선생님들, 든든한 버팀목 양중님, 혜진, 대희, 경하, 하영 사랑합니다.

심사평 | 전은희(아동문학가)

기발한 설정과 마음을 울리는 메시지

요즘 어린이들은 사회문제에 관심이 많다. 이러한 시대적 변화에 맞춰 본심에 오른 7편의 작품은 SF, 판타지, 의인화, 생활 동화가 고루 있었다. 7편 모두 어린이의 관심을 담고자 하는 노력이 잘 드러났다.

그중 '형광펜', '단비 오는 날에', '재주 내기 한판 할래'가 눈에 띄었다.

'형광펜'은 어린이의 심리를 세밀하게 묘사한 점이 뛰어났다. 그러나 사고로 휠체어를 타게 된 형과의 관계에서 주인공이 주체적인 존재가 아닌 수동적인 상태로 결말을 맞이해서 아쉬웠다.

'단비 오는 날에'와 '재주 내기 한판 할래'와를 두고 오랜 고심을 하였다.

'단비 오는 날에'는 안정적이고 흡입력 있는 문장으로 가독성이 뛰어났다. 이야기는 인공비만 내리는 미래 도시의 우산 가게가 배경이다. 할아버지는 우산이 필요 없는 세상에서도 우산을 만들면서 자연비를 기다린다. 최근 심각해진 기후위기를 상징적으로 다루면서 희망을 보여주려는 시도가 돋보였다.

그러나 인공비가 내리는 미래 도시의 모습이 자세히 묘사되지 않아서 우산이 필요 없다는 설정에 설득력이 떨어졌다.

당선작 '재주 내기 한판 할래'는 도깨비 더잘난이 휴대전화와 내기를 하겠다는 시작이 기발했다. 옛이야기를 읽는 듯한 자연스러운 문장과 빠른 전개도 장점이었다. 더잘난은 휴대전화에 빠진 아이들에게 외면당하고, 어른들에게는 구경거리가 된다. 다시 떠돌던 중 아들의 전화를 애타게 기다리는 할머니를 만난다. 더잘난이 휴대전화 속으로 들어가서 아들 목소리를 선물하는 결말이 인상적이었다. 작품은 진정한 재주는 내가 더 잘났다고 자랑하는 것이 아니라 이웃을 돕는 것이라고 말한다. 다만, 메시지를 전달하는 방법이 다소 매끄럽지 못한 점이 아쉽지만, 앞으로 크게 발전하리라 기대해 본다.

당선을 축하하며 응모해 주신 모든 예비 작가에게 격려와 응원을 보낸다.

한국일보

나리

1993년 충북 제천 출생
한양여자대학교 문예창작학과 졸업
2025년 《한국일보》 신춘문예 동화부문 당선

나의 우주 별사탕

나 리

모든 건 우주에 떠다니는 먼지 한 톨 같은 그 시에서 시작되었다.

"그날은 참 이상했어 / 별을 쏟는 밤하늘이 나를 불렀지 / 가만히 보다가 보다가 / 우주로 우당탕 쏟아지고 말았어 // 은하수 타고 떠다니다가 / 태양처럼 빛나는 별을 봤지 / 으악! 별이 아니라 블랙홀이야! / 나는 순식간에 블랙홀리몰리 // 은하수가 범람해서 / 눈을 질끈 감았는데 / 사르르 녹아버리는 게 아니겠어? // 우주가 말했어 / 너는 별이 아니구나 / 우주에서 제일 달콤한 별사탕이야 // 우주와 사랑에 빠진 날, / 하나도 안 이상했어"

〈우주 별사탕〉이라는 채유하의 시였다. 반 애들이 오올, 하며 감탄했다. 채유하는 쑥스러워하면서도 싫지는 않은 표정으로 말을 덧붙였다.

"최근에 『어린 왕자』 읽고, 저도 저의 재밌고 낭만적인 우주를 그리고 싶었어요."

환호가 커졌다. 나만 못마땅한가? 완전 엉터리 우주다. 어린 왕자는 또 뭐야?

"저는 별로입니다."

선생님이 감상을 묻자 서슴지 않고 대답했다. 반이 진공 상태의 우주처럼 조용해졌다. 그래, 이게 진짜 우주지.

여태 모은 우주 데이터를 제공합니다.

나는 폴로의 도움을 받아 또박또박 말했다.

"생전 듣도 보도 못한 우주입니다. 우리는 로켓을 통해 우주로 쏘아 올려지는 거지, 아래로 쏟아질 수는 없습니다. 지구의 중력이 한순간에 사라지면 가능하겠지만 그건 재난 상황입니다. 사람이 맨몸으로 우주로 던져진다면, 우주가 137억 년 동안 쌓아온 수많은 먼지와 텁텁한 가스와 엄청난 열에 1초도 못 버티니까요. 물론 우주에 산소도 없습니다. 한강 오리배 탄 것처럼 은하수에서 유유자적 절대 불가능합니다."

작게 킥킥 웃는 소리를 뒤로 하고 말을 이었다.

"암흑의 공간인 블랙홀을 태양 같은 별로 착각했다는 것도 황당한데 제쳐두고요, 우주를 이루는 별들은 쉼 없이 수소 등의 연료를 태우면서 삽니다. 그렇게 해서 사막보다 몇백 배는 덥거나, 남극보다 몇천 배는 춥습니다. 연료가 다 닳으면 망가지거나 폭발해서 죽습니다."

하나둘씩 애들의 표정에 오묘한 오로라의 빛이 어렸다. 그래도 내 말은 끝나지 않았다.

"그게 아니라도 운 없으면 운석에 충돌하거나 다른 별의 폭발에 휘말리거나 미지의 세계로 집어삼켜지는 게 별입니다. 우리은하만 해도 별이 2천억 갠데 모두 이렇게 살고 이런 별들을 가진 은하가 수천억 개인 것을 알면 우주에 사랑이고 낭만이고 다 얼어죽었죠. 우주에

서 녹는 것은 우주의 무지막지한 염산과 황산을 맞은 인간이 뼈도 못 추리는 방법으로 가능합니다. 달지는 않겠네요."

이제 웃는 사람은 없었다. 너나 할 것 없이 흔들리는 눈동자. 나는 쐐기를 박았다.

"인간은 과학과 수학을 기반으로 우주를 연구하고 우주의 비밀을 밝혀야 합니다. 우주를 왜곡하고 발전을 저해하는 이 시는, 명왕성이 134340이 되어 태양계에서 쫓겨났듯 우주에서 쫓겨나야 한다고 생각합니다."

헉! 교실이 숨을 멈췄다. 하지만 그중에서도 날 보며 눈을 빛내는 몇몇 아이들. 캄캄한 밤하늘의 1등성 별처럼 또렷했다. 나는 속 시원한 표정으로 채유하의 반응을 기다렸다.

"네, 제 시를 버리겠습니다."

기대했던 대답이다. 마음을 놓으려는 순간,

"수학, 과학밖에 모르는 저 구식 로봇에게 버리겠습니다. 인간으로 만들어 명왕성에 다녀오게 하셨습니다."

내 우주가 뒤집혔다. 동시에 아이들 웃음 빅뱅이 터졌다. 폴로는 비명을 질렀다.

으악! 뭐야, 갑자기? 우주선 본체가 흔들려. 이상한 중력이 끌어당긴다!

황당해서 입만 뻐끔거렸다. 채유하는 그런 나를 보며 생글생글. 재는 평소에 너무 얌전하다 못해 소심하다고 느껴지는 남자애 아니었나? 책장에 가지런히 꽂힌 책이 나를 도발했다.

"조용, 조용! 역시 은성이는 우리 학교 '우주 퀸'이구나!"

선생님이 아이들을 진정시키고 내게 말했다. 나는 과학을 좋아하고 잘한다. 특히 우주 분야. 여자든 남자든 내가 제일이다. 우주 퀸이라는 별명이 괜히 붙었을까. 5학년이 되어서는 내 뇌와 몸을 작은 우주선으로 만들었다. 우주선을 조종하는 AI 폴로와 매일 우주 탐험을 한다.

"하지만 유하의 시는 과학으로 설명할 수 없는 큰 매력이 있어. 유하가 우리 반 대표로 다음 달 백일장에 나가자."

우주 퀸에게 주어진 건 달랑 칭찬 몇 마디. 채유하는 '구식 로봇'에게 승리자의 눈빛을 던졌다. 임은성 너, 나한테 졌어. 네 우주가 졌다고.

정해진 경로를 한참 벗어났어. 저 행성은 뭐지? 우주선 온도는 너무 상승한 것 같은데.

그건 내 속에서 불길이 일기 때문이었다. 나는 건방지게 나를 끌어당기는 행성을 이글이글 타오르는 눈으로 보며 말했다.

'앞의 행성에 착륙한다.'

뭐?

'되게 재수 없는 행성이란 말이지. 아무래도 실컷 밟아주고 가야겠어.'

폴로는 어리둥절했고 나는 콧김을 휙 뿜었다. 우주선은 치이익 소리로 착륙했다.

그렇게 예정에 없던 탐험이 시작되었다. 채유하는 점심시간이나 방과 후에 자주 도서실에서 시간을 보냈다. 도서실은 그 애의 은하였다. 나는 며칠째 어색한 은하 속에서 채유하를 흘끔흘끔 노려보느라 바빴다. 지구만 바라보고 있는 달도 날 보고 울고 갈 거다.

채유하 행성: 동서남북 전방 50km 삭막한 대지뿐. 옅은 산소 농도로 호흡 부적합 판정. H2O, 감지 안 됨. 광합성 하는 엽록체, 측정 안 됨. 고기압

에서 저기압으로 이동하는 공기의 흐름, 없음. 박테리아 등 미생물, 흔적조 차 없음.

폴로가 여태 수집한 채유하 행성 데이터를 말해줬다. 그러고는 덧붙였다.

대장, 여기서 뭘 해야 할지 모르겠어.

계속 툴툴거리는 폴로. 나는 머리가 지끈거렸다. 어떤 마음으로 여기 착륙했는데, 꼬투리 하나 못 잡을 수 없었다. 아무렇지 않은 척하며 말했다.

'작은 발견이라도 해보자. 우리 탐험 역사에 큰 도약이 될 수도 있어.'

조심해야 해, 대장. 갑자기 황산 구름이 덮쳐올 수도 있고 거대한 골짜기로 떨어질 수도 있어. 또 다른 위험 경우의 수는……

폴로의 말은 더 들리지 않았다. 멀리서 책을 정리하는 채유하를 보니 자연스레 모든 신경이 쏠렸다. 나를 잡아두는 중력 하나는 탁월한 채유하 행성이다.

채유하 행성은 우리가 사는 행성의 1.1배야. 하얀색이 섞인 부드러운 갈색빛을 내.

나보다 겨우 조금 더 큰 키, 갈색 머리. 하얀 얼굴은 뺀질뺀질 새 책 같다. 살짝 올라온 입꼬리는 나선형 은하 같지만, 그래도 흥.

또 아주 천천히 자전해. 처음 보았을 때도 엄청 조용했지.

책을 들었다가 내려놓았다가 또 들었다가 가끔은 펼치고. 행동이 우주의 암흑처럼 차분했다. 성질 급한 사람은 지켜보다 속 터지겠다. 입을 삐죽거렸다.

앗, 낯선 인공위성이 접근한다.

"저기, 세계문학 전집은 어디에 있어?"

예쁘장한 인공위성의 사근사근한 목소리. 헛, 숨이 저절로 멈췄다.

"D 코너에."

인공위성은 발걸음을 옮기면서 아쉬운 듯 채유하를 힐끔거렸다. 떠돌이 인공위성이 아닌가? 그러거나 말거나 채유하는 다시 책을 정리하는 데 푹 빠졌다.

와, 영하 367도야. 해왕성의 위성 트리톤보다 훨씬 싸늘한데? 대장 안 추워?

화들짝 놀랐다. 내 입가에 미소가 있었다. 글 읽는 것처럼 건조한 채유하의 말인데, 내 마음은 막 태어나 우주의 따뜻한 먼지 요람에 감싸진 아기별 같은……. 소름이 오소소 돋았다. 내가 왜 이러지?

그때 서쪽으로 넘어가고 있던 태양이 구름 속에서 나왔다. 고개를 들었다가 햇빛을 정면으로 받는 채유하. 그 애 구겨진 미간에 살포시 앉는 햇빛.

'어어……?'

순식간에 벌어진 일이었다. 내 마음이 말랑한 빛을 뒤집어썼다. 나도 모르게 입을 벌렸다. 재 얼굴, 찬란해……. 우주에서 본 지구가 황금빛으로 빛나면 저 모습일까.

곧이어 채유하는 우주의 유일한 항성이 되었다. 주변의 먼지가 채유하 항성의 빛을 받아 반짝였다. 먼지들은 점점이 이어져 우주에 빛이 흐르는 강을 만들고. 그때 내게로 고개를 돌린 항성…… 헉!

대장, 왜 그래?

재빨리 책장으로 몸을 숨겼지만 우주선 엔진이 사정없이 들썩거렸다.

두 손바닥으로 볼을 짝 쳤다. 폴로가 뭐라 하기 전에 말했다.

'좀 더 쓸모 있는 데이터는 없어?'

글쎄…… 아무래도 우리의 장비가 부족한 것 같아. 이 행성에 걸맞은 장비를 갖춰야 제대로 탐험할 수 있지 않을까?

'좋아, 지금 우리에게 제일 필요한 장비가 뭐지?'

현 상황 분석을 시작하겠습니다. 목표는 최상의 결괏값 산출.

얼마 지나지 않아 내 손에 『어린 왕자』 책이 쥐어졌다. 한숨이 나왔다. 글자 많은 책은 딱 질색인데. 그래도 탐험을 위해서……!

5, 4, 3, 2, 1, 엔진 점화, 독서 이륙!

폴로가 로켓을 쏘아 올렸다. 로켓은 어린 왕자 세계를 향해 힘차게 나아갔다. 글자가 별처럼 점점 많이 보이기 시작했다.

어떤 것 같아, 대장?

꽤 긴 시간이 지난 후에야 로켓이 돌아왔다. 몸은 삐걱삐걱, 마음은 기름칠을 잔뜩 한 채로.

'『어린 왕자』는 우주와 지구를 여행한 어린 왕자와 그를 만난 비행기 조종사의 이야기인데…… 뭔가, 뭔가 포근한 책이야.'

그게 무슨 말이야?

'나도 설명 잘 못하겠어. 비과학적인 게 셀 수도 없이 많은데, 잘 안 느껴져. 어린 왕자의 순수한 모습 때문인가? 아니면 비행기 조종사의 마음이 따뜻해서? 둘의 대화가 다정해서? 답이 잘 안 내려지는데 기분이 그렇게 나쁘진 않아.

흠, 대장은 확실한 답을 좋아하는데 말야.

'맞아, 그런데 답이 없어도 괜찮을 것 같다는 생각을 처음으로 했

어. 그냥 내 마음이 평화로우니까 좋아. 다른 책들도 이렇다면, 그래서 채유하가 책을 좋아하는 걸까?'

채유하에 대한 짜증은 잊어버리고 어렴풋이 짐작해 보았다. 그러다 책 표지를 다시 보았다. 자기 별에 우뚝 솟아있는 어린 왕자. 키가 한 1,000미터는 되려나.

'그래도 과학이 더 재밌어. 이 책도 과학이 더 강했다면 좋았을 거야. 내가 뽑은 명대사도 어린 왕자가 떠나온 별은 B612호 소행성입니다, 야.'

음. 오케이, 『어린 왕자』 세부 데이터로 저장 완료.

그때 내 앞에 채유하가 나타났다. 내 손에 들린 『어린 왕자』를 슥 보았다.

"……이상하네."

낯선 인공위성에게 말했을 때처럼 건조한 목소리. 그러고는 무표정으로 스쳐 갔다.

대장, 또 우주선 온도가 상승했는데? 그런데 전과는 조금 달라.

허겁지겁 화장실로 달려가 거울을 봤다. 얼굴이 불그죽죽 화성이었다. 정확히는 470도 금성에 갇혔다 나온 듯한 화성. 얼굴보다 더 마음에 안 드는 건 기분이었다. 가야 하는데 어디로 가야 할지 모르고 해야 하는데 뭘 해야 할지 몰랐다.

'으으, 우주 쓰레기가 된 것 같아.'

우주 쓰레기 기분은 맛있는 음식을 먹어도 잠을 푹 자도 과학 공부를 열심히 해도 사라지지 않았다. 결국 내 우주가 속절없이 오염되었다. 채유하 행성을 중심으로 자기 마음대로 팽창했다 수축했다를 반복했다.

우주의 모든 별들이 채유하 행성의 위성이 되었다. 폴로는 정신을 더 산란하게 만들었다.

대장, 채유하 행성에서 며칠을 낭비했는지 알아? 우리의 탐험 계획이 얼마나 틀어졌냐면……

'으아악! 그만 좀 쫑알대. 안 그래도 정신없어 죽겠는데.'

정신없다고? 지금 블랙홀리몰리 상태야?

'뭐? 야! 너 누가 그런 말 쓰래?'

어? 내 데이터에 저장되어 있었는데? 대장이 저장한 거 아니었어?

'내가 언제!'

이제는 폴로도 이상하다. 우주 탐험 길이 구만리인데. 이제 더 이상 문제 발생은 안 된다.

"너 요즘 도서관 자주 오더라?"

마음 다잡기 무섭게 운석을 맞았다. 채유하였다. 나처럼 도서실을 나서고 있었다. 간신히 뻔뻔하게 말했다.

"너는 오늘 집에 빨리 간다?"

"내일이 백일장이니까."

"뭐? 그게 내일이야?"

진심으로 놀랐다. 언제 시간이 이렇게 흘렀지? 자전에 집중하느라 공전에 신경을 쓰지 못했더니 뜻밖의 위치에 서 있었다.

"너 『어린 왕자』 읽던데, 어때? 되게 멋진 이야기지 않냐?"

채유하가 평소답지 않게 말이 많다. 맞다, 그게 있었지.

ㅇㅓ린 王ㅈr가 ㄸㅓ나on ★은 B⑥1②호 小행성입ㄴ | ㄷr.

'뭐야? 폴로, 갑자기 왜 그래?'

ㅇㅓ린 王ㅈr가 ㄸㅓ나on ★은 B⑥1②호 小행성입ㄴㅣㄷr.

'바이러스라도 먹은 거야? 안 돼!'

ㅇㅓ린 王ㅈr가 ㄸㅓ나on ★은……

갑자기 폴로가 고장났다. 나는 오류 메시지에 둘러싸였다. 당황의 한가운데인데 채유하는 나만 빤히 보고. 결국 던지듯 외쳤다.

"역시 숫자가 최고더라!"

"뭐?"

"그, 그, 어린 왕자는 B612호 행성에서 왔다나 어쩌구라는 대사 말이야. 숫자를 말하니 잘난 척하던 어른들이 찍소리도 못하잖아? 통쾌했어. 숫자의 위대함을 다시 한번 느꼈지. 역시 숫자가 짱이야. 수학 최고! 수학 빼고는 다 필요 없어! 세상에 수학만 남았음 좋겠어!"

말을 마구 쏟아낸 나는 입을 쩍 벌린 채유하를 제대로 보고서야 정신이 돌아왔다. 채유하는 똥처럼 생긴 외계인이 지구는 미개한 원시별이라고 욕하는 것을 본 듯한 표정이었다.

"……너 진짜 이상해."

그 애의 꿈틀거리는 눈썹에 마음이 사정없이 곤두박질쳤다.

악! 여기 바다잖아? 갑자기 어디서 나타난 거야?

채유하 행성에 발이 닿지 않는 아주 깊은 바다였다. 나는 보이지 않는 파도에 휩쓸려 이리저리 흔들렸다. 숨이 가빠왔다.

"너 정말 이상하다고 임은성."

꼼짝도 할 수 없었다. 그 애가 나를 쏘아보며 뭐라 소리치려고 했다. 돌진하는 집채만 한 파도. 눈을 질끈 감았다. 이대로 소멸하는 별이 되겠구나.

"……아니다, 안 이상해."

하지만 차가운 파도가 아닌 따뜻한 공기가 나를 덮었다. 초신성처럼 번쩍, 눈을 떴다. 불그스름한 성운이 뺨에 내려앉은 채유하 얼굴이 보였다.

"무슨 소리야? 왜 이랬다저랬다 해?"

"어? 내가 뭐라고 했어?"

채유하가 순진하게 물었다. 하지만 넘어갈 내가 아니었다.

"나보고 이상하다고 했다가, 안 이상하다고 했잖아."

"아……."

우물쭈물하는 채유하. 그러다 내 눈빛을 읽었다. 절대 물러설 생각 없는 내 눈빛을. 결국 어쩔 수 없다는 듯 털어놓았다.

"너 정말, 너무 이상한데, 계속 이상해서 이제는 안 이상해. 미안, 나도 뭐가 뭔지 잘……."

뒤통수를 벅벅 긁으며 말을 끝맺었다.

어? 채유하 행성이 자기 궤도를 잊어버렸나 봐. 이럴 수도 있나?

황당해서 중얼거리는 폴로. 하지만 내 볼에는 신비로운 바람이 머물다 갔다.

"그래서 싫어?"

시간이 멈춘 듯한 깨끗한 공기 속, 조심스레 유하의 손을 내 마음으로 이끌었다.

"내 이야기가 싫냐고."

아무 말 없는 유하. 나는 다시 금성에 갇힌 것처럼 온몸에 열이 올랐다. 그래도 바보별에서 눈을 떼지 않았다. 이윽고 유하는 결심한 듯 두 눈에 나를 담았다.

"아니."

그 애의 나선형 은하 입꼬리가 말려 올라갔다.

"너 재밌어서, 더 읽고 싶어."

유하가 내 마음속 책장에서 우주를 꺼냈다. 우주가 팔랑, 펼쳐졌다. 심장이 쿵, 떨어졌다. 목성으로 순간이동이라도 한 듯. 곧이어 사르르 녹는 마음. 채유하 행성에 드러난 폭신한 땅.

우와, 우주에 이렇게 단 공기가 있었어?

폴로도 놀라서 말했다. 나는 단 공기에 힘을 얻었다.

"백일장 끝나면, 같이 우주여행 어때?"

"어…… 왜소행성 134340부터 시작할까?

자연스럽게 내 말을 받는 유하. 내가 놀랍다는 눈을 하자 다시 짙어지는 뺨 성운의 붉은 빛. 동시에 우리는 교문을 나섰다. 신호등의 초록 변광성이 깜박이고 있었다. 때를 놓치면 안 된다.

"그래, 명왕성에서 보자!"

냅다 말하고 횡단보도를 뛰어 건넜다. 왠지 모르게 부끄러웠다. 그런데 뒤에서 들리는 외침.

"임은성, 오늘은 안 이상한 날이야!"

돌아보니 유하가 등을 보이며 뛰어가고 있었다. 멀리서도 붉은 성운이 번진 그 애의 귀가 보였다.

온몸 구석구석 기운이 솟았다. 참지 못하고 또 달렸다. 물방울이 톡 튀고 시원한 바람이 불고 초록 이파리가 싱그러운 채유하 행성을 달렸다. 폴로는 호들갑을 떨었다.

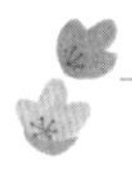

대장, 채유하 행성에도 생명체가 있었어! 이건 큰 발견이야!

고개를 숙여 손에 놓인 생명체를 보았다. 작디작고 아직 무엇인지 잘 알 수 없는 생명체는, 내 마음에 사뿐히 앉았다. 저절로 웃음이 나왔다.

'폴로! 지금 우주선 상태는?'

폴로도 빙그레 웃으며 대답했다.

살짝 기울어졌어. 지구처럼.

당선소감 | 나리

우주의 암흑은 지구에서는 상상도 못 하고 흉내도 못 낼 정도로 어둡다는 말을 들었습니다. 요 며칠 우리 사회에 그 암흑이 짙게 내려앉았다고 생각합니다. 그 와중에 저는 간절히 바라던 저만의 1등성 별을 발견했고, 마음껏 웃지도 못하는 하루하루를 보냈습니다. 하지만 이제는 조금씩, 조금씩 웃고 있습니다. 그곳은 외딴섬이 아니라 모양도 빛깔도 모두 다른 별들이 찬란하게 빛나는 거대 은하의 한복판임을 알았기 때문입니다. 더 이상 춥지 않은 이곳에서 저는 1등성 별에 이르기까지의 이야기를 할 마음도 살며시 가질 수 있었습니다.

〈나의 우주 별사탕〉은 '독특한 캐릭터를 만들어 보자!'라는 생각에서 시작했습니다. 보통 남자아이들은 우주, 과학을 좋아하고 여자아이들은 책과 이야기를 좋아하니 이걸 뒤바꾸면 재밌지 않을까? 생각으로는 우주 정복도 할 기세였으나 막상 작업에 돌입하니 쉽지 않았습니다. 은성이와 유하를 그리기 위해 제가 먼저 은성이와 유하가 되어야 했으니까요. 저는 소위 말하는 '뼈문과'인데 주인공 은성이를 그리려고 과학 서적을 계속 읽었습니다. 초반에는 수학 문제집까지 뒤적이느라 머리가 지끈거렸습니다. 그렇다고 유하를 그리기 쉬웠냐고 하면 그것도 아니었습니다. 유하를 위해 〈어린 왕자〉를 다시 읽고 매끄러운 동시 창작을 위해 동시집도 계속 읽었으니까요.

그렇게 만들어낸 캐릭터의 대사와 행동을 이야기 흐름에 맞게 수정하고 잘라내고 재창작하는 작업을 끝없이…… 단편을 쓰는 거라 다행이다(?)라는 생각도 조금 들었습니다. 고생 끝에 1등성 별을 얻게 되었습니다. 1등성 별 발견의 마지막 문을 열어준 한국일보와 심사위원분들께 감사드립니다.

고맙고 감사한 분들이 너무 많습니다. 제게 광활한 문학의 우주를 알려준 한양여대 문예창작과 교수님들 감사합니다. 그중에서도 양연주 교수님께 깊은 감사를 표합니다. 교수님 덕분에 단단한 마음으로 동화의 우주로 로켓을 쏘아올릴 수 있었습니다. 항상 내 곁에서 나의 우주를 이루고 있는 다양한 친구들에게도 고맙습니다. 너희들의 우주에도 내가 별로 빛나고 있으면 더없이 행복할 것 같아. 제가 여기까지 오는 데 재미있는 이야기들과 따뜻한 가르침과 신나는 웃음을 선물해 준 친척들, 감사한 마음을 이 소감문에 작게나마 담아 돌려드립니다. 마지막으로 저라는 우주의 시작을 만들어 준 가족들. 작가가 되는 게 어떻겠냐던 아빠와 다른 건 몰라도 책은 마음껏 사게 해주었던 엄마, 부족한 누나의 곁을 계속 지켜준 현수. 감사함을 거대한 우주라는 그릇에도 담을 수 없습니다. 그래서 더더욱 사랑합니다.

예전에 가졌던 질문입니다. 겨울에 발표가 나는데 왜 신춘(春)문예일까? 봄은 시작과 가장 잘 어울리는 계절이니까, 라고 지금껏 답을 내려왔지만 최근 다른 생각도 들었습니다. 열심히 겨울을 견뎌온 자의 끝은 봄이기 때문에 신춘문예야,라는. 곧 모두가 느끼겠지만 제게 좀 빨리 찾아온 봄. 여름에 더워 쓰러질 수도 다시 혹독한 겨울을 맞을 수도 있겠지만 저는 머리 위에 1등성 별을 띄워두고 글쓰기를 멈추지 않겠습니다. 아이 손 같은 단풍잎을 잃어버리지 않고 꼭 쥐고 걸어가겠습니다. 감사합니다.

심사평 | 김민령 · 김지은 아동청소년문학평론가

실험적인 서술 구조… 다양성 그린 어린이 로맨스

12·3 불법 계엄 이후 사흘 만에 치러진 심사는 무겁고 혼란스러운 마음으로 진행되었다. 쌓여 있는 응모 동화를 읽는 동안 폭력과 거짓의 세계는 저만치 물러나고, 씩씩하고 명랑한 어린이들과 당연하게 세상의 한자리를 차지한 동물들과 사물들이 제 목소리를 내는 아름다운 세계가 펼쳐졌다. 리얼리즘과 판타지가 고루 섞여 있었으나 여전히 익숙한 의인화 동화와 학교를 배경으로 하는 이야기가 많았다. 일정 수준 이상의 문장과 장면 구성을 보여주는 작품들이 늘어서 전반적인 완성도는 높아진 것으로 보인다. 관건은 한정된 분량 안에서 이야기를 펼쳐놓고 솜씨 좋게 매듭짓는 일이다. 매력적인 캐릭터와 아이디어로 시작했다가 흐지부지되거나 성급한 마무리로 안타까움을 산 작품들도 상당수였다.

논의 대상에 오른 작품은 '거북이 무니 되찾기' '멸종하지 마, 사우루스' '동생 만나기 작전' '돌돌' '나의 우주 별사탕' 다섯 편이었다. 잃어버린 반려 거북을 찾는 이야기를 다룬 '거북이 무니 되찾기', 공룡 화석 찾기 놀이와 아동학대를 은유적으로 배치한 '멸종하지 마, 사우루스', 하나뿐인 칼림바를 나눠 쓰는 남매의 우애를 보여준 '동생 만나기 작전' 모두 짜임새가 있고 단정하게 잘 쓰였지만, 독자의 눈을 확 잡아끄는 매력을 찾기는 어려웠다.

오랜 시간 고민하게 만든 작품은 '돌돌'과 '나의 우주 별사탕'이다.

'돌돌'은 스스로 달팽이 등껍질을 지고 있다고 여기는 주인공이 전학 간 학교에서 새 친구들을 만나 오해와 화해를 겪는 이야기다. 강박적으로 자기 기준을 고집하는 친구를 유연하게 받아들이는 친구들 캐릭터가 다정하고 모든 장면이 자연스럽고 생생하다. '나의 우주 별사탕'은 머릿속에 천문학 지식을 가득 담아두고 모든 상황을 우주에 빗대어 생각하는 주인공을 등장시켜 책 좋아하고 시 쓰는 남자아이에게 호감을 갖게 되는 과정을 이야기한다. 주인공의 머릿속에서 가상의 인공지능과 주고받는 대화가 감정의 변화를 드러내주며 처음에 반목하던 아이들이 서로 마음을 확인하는 결말로 나아간다는 점에서 매우 독특한 어린이 로맨스다.

두 작품 모두 신경다양인 어린이를 주인공으로 내세운다. 장애 여부가 분명하게 명시되어 있지는 않지만, 의사소통에 서투르고 자기 세계가 지나치게 확고한 어린이 인물이 1인칭 화자로 등장해 자기 이야기를 펼쳐놓는 설정 자체가 흥미로울 뿐 아니라 다양성에 대한 이해를 도울 수 있다. 각각 만만치 않은 내공을 보여주고 있어 결론이 쉽게 나지 않았다. 안정감과 새로움 사이에서 선택을 할 수밖에 없었고 오랜 논의 끝에 참신한 이야기의 손을 들어주기로 하였다. '나의 우주 별사탕'은 무척 실험적인 서술 구조를 갖고 있는데도 주의를 집중시키며 이야기를 따라가게 만든다는 점에서 기본기에 대한 우려도 내려놓을 수 있었다. 당선자에게 축하를 전한다.

동시

2025 신춘문예 당선동시집

강원일보

포 공 영

경남 김해에서 출생. 현재 춘천에서 동시•동화를 쓰면서 독서지도사로 활동 중입니다. 2022년 〈산책하는 개〉로 제16회 삶의 향기 동서문학상 동시 부문 입선하였고, 같은 해 〈수다쟁이 나무들〉로 제7회 국립 생태원 생태문학상 동시 부문 우수상을 수상하면서 작품 활동을 시작하였습니다. 2024년 〈거위 스물다섯 마리가 자루 속에서 나온다〉 외 6편으로 아르코문학창작기금 발표지원 동시 부문 선정되었습니다. 2025년 〈고양이의 부활〉로 강원일보 신춘문예 동시부문에 당선되었습니다.

고양이의 부활

포공영

길에서 태어나 길에서 살다 그대로 길이 되어버린 고양이를 보고요.

피자집 아저씨는 굶어 죽은 거라며 슬쩍 고개를 돌리고요. 편의점 아주머니는 자동차 바퀴에 깔려죽은 거라며 질끈 눈을 감아요. 능소화 활짝 핀 빨간 벽돌집 할머니는 쥐약을 먹은 거라며 혀를 끌끌 차고요. 고양이 사료와 물을 챙겨주던 캣 맘은 몹쓸 사람들의 짓이라며 울먹거리지만요.

우리 동네 골목대장 까망이는 죽지 않았어요. 내가 오늘 스케치북에 그린 고양이 마을로 이사 왔거든요.

고양이 마을에 사는 고양이들과 반갑게 인사를 나누고요. 따뜻한 고양이 분유와 고양이 전용 참치 통조림을 배불리 먹은 후에요. 개박하 향기 물씬한 방석 위에 뒹굴뒹굴 뒹굴다 조금 전 잠들었어요.

한잠 자고 일어나면 인간 세상에서 경험했던 나쁜 기억들은 싹 잊히고요. 행복하고 감사한 날들이 까망이를 기다리고 있을 거예요. 고양이 마을에서 즐길 수 있는 놀이와 장난감은 또 얼마나 많은데요.

졸리면 자고 배고프면 먹고 사색하고 싶으면 사색하고 놀고 싶으면 놀면 돼요. 삼백육십오 일 창가에 오도카니 앉아 접시꽃 핀 정원만 내다보아도 좋아요. 내일은 무얼 먹고 어디에 잠을 자야 할지 걱정하지 않아도 되고요. 엉덩이에 뿔난 사람들을 피하려 차들이 씽씽 달리는 도로에 함부로 뛰어들지 않아도 돼요.

아무렴, 이곳은 아무것도 하지 않아도 마냥 좋은 고양이 마을이니까요.

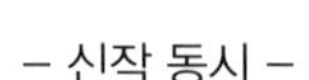

– 신작 동시 –

깜깜한 도시

– 세상에 혼자 남겨진 아이들을 위한 기도

메리골드 메리골드 촛불처럼 환한 메리골드, 나에게 불행이 아닌 행복을 가져다주지 않으련?

내가 더 이상 무섭지 않도록.

비둘기 비둘기 지난밤 꿈속에 만난 하얀 비둘기, 나에게 다툼이 아닌 평화를 노래해 주지 않으련?

내가 더 이상 아프지 않도록.

산들바람 산들바람 내 귓불 간지럽히는 산들바람, 슬픔에 젖은 내 마음 뽀송뽀송 말려주지 않으련?

내가 더 이상 울지 않도록.

백합나무 백합나무 하늘을 불끈 떠받친 백합나무, 깜깜한 이 도시에 혼자 서 있는 내 손 꼭 붙잡아 주지 않으련?

내가 더 이상 외롭지 않도록.

– 신작 동시 –

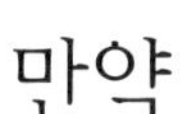

만약

어느 날 갑자기 길을 가다가 죽었는데 무슨 이유에서인지 하늘나라 문이 열리지 않아 다시 태어난다면 아무리 미세한 틈새라도 자유자재로 드나드는 바람이면 좋겠어 안 가본 곳 없이 온 세상 누리다 바닷속까지 탐험한 후 태풍의 눈 부릅뜨고 고층 건물 몇 채 쯤 가뿐가뿐히 날려 줄 테지

어느 날 갑자기 잠을 자다가 죽었는데 이 생에 못다 한 일이 있어 다시 태어난다면 톡톡, 어디서나 듣는 빗방울이면 좋겠어 빨강 노랑 투명 우산 미끄럼을 타다 빗길 내달리는 차창에 매달려 엉덩이를 신나게 흔들 테지 또 어쩌면 섬마을 옹달샘 되어 바다 건너온 새의 목을 촉촉이 적셔 줄 테지

가장 좋은 건 다시 태어나지 않는 것이지만 이 세상에 정해진 법칙이 있어 어쩔 수 없이 태어난다면 온 세상 환히 내리비치는 햇살이면 좋겠어 쌓인 눈 사이로 복수초 꽃대를 밀어올리는 2월, 꽁꽁 얼어붙은 강도 풀어주고 나뭇가지에 돋아난 싹눈도 토닥토닥 북돋아 주다 강기슭에 혼자 사는 땃쥐네 집도 한 번쯤 비춰 볼 테지

당선소감 | 포공영

포공영 "동심 가진 어른이 많이 읽기를"

16년 동안 하루도 빠짐없이 읽고 썼습니다. 엄청난 노력에도 불구하고 운이 따라주지 않았을 때의 좌절감은 이루 말할 수 없었습니다. 무엇보다 힘들었던 건 동시를 배울 데가 없다는 현실일 것입니다. 그럼에도 불구하고 포기할 수 없었던 건 어느 시점에 이르러 제 삶과 글이 하나 됐기 때문일지도 모르겠습니다.

제 동시가 '어린이'라는 좁은 세계에 갇히는 것이 아니라, 동심을 지닌 적이 있던 어른들에게 더 많이 읽힐 수 있었으면 좋겠습니다. 그래서 누군가에게는 사랑을, 누군가에게는 위로를, 누군가에게는 웃음을 줄 수 있다면 참 좋겠습니다.

몇 해 전 얼굴도 모르는 습작생의 열정만 보고 과월호 잡지를 모아 보내주셨던 권오삼 시인님과 별도의 시간을 내어 제 질문들에 성의껏 답변을 해주셨던 한겨레 교육센터 김제곤 평론가님께 감사드립니다. 비록 스쳐가는 인연에 불과하더라도 제가 이 길을 좀 더 걸어갈 수 있는 힘이 됐습니다. 또 깊은 수렁에 빠져 있던 제 손을 잡아주신 심사위원들과 강원일보에 거듭 감사드립니다. 끝으로 제 목숨을 살려주신 대박 스승과 이 세상에 태어나 서른 해를 살다 가신 어머니께 이 기쁨을 전해드리고 싶습니다.

심사평 | 이화주 · 정유경 아동문학가

"어둠을 빛으로 무거움을 가벼움으로 … 현실에 질문 던져"

전국에서 보내온 1,700여 편의 작품을 정성껏 읽었다. 언어와 세계의 새로움을 탐구하고 현실의 어린이를 생생하게 담아내고자 하는 응모자들의 마음이 뜨겁게 느껴졌다. 최종심에서 논의된 작품은 총 네 편이었다.

'왕방울 알사탕 당나귀'는 이미지를 감각적으로 연결한 이야기 구조가 서정적 감응을 주었으나 메시지가 약한 것이 아쉬웠다. '아무도 나를 찾지 않는 지루한 날'은 과감하고 거친 상상이 해방감을 주었으나 도입부가 부자연스러웠다. '털실 이야기'는 털실이 이어주는 세대 간의 이야기가 다정했으나 입말이 다소 거칠어 감상을 방해했다.

'고양이의 부활'은 길고양이의 죽음 앞에서 아이가 상상 속으로 고양이를 불러들여 행복한 삶을 살게 한다. 상상 세계로의 탈주가 아니라 어둠을 빛으로, 무거움을 가벼움으로 부활시킨다. 작품의 완성도와 현실에 대한 질문을 담고 있다는 점을 높이 샀다. 당선을 축하한다.

경상일보

유춘상

경북 영천 출생
영남대 국어교육과 졸업
2022년 제10회 평택 생태시문학상 대상
2022년 제9회 경북일보 객주문학대전 대상
2025년 《경상일보》 신춘문예 동시부문 당선
현) 경주예일고등학교 교사 재직 중

단짝

유춘상

해가 지면 너는 밝아진다

안심가로등
네 아래로 다가가면
나는 줄어드네

가까이 다가갈수록 내 몸이 차츰차츰 작아지는 걸
넌 높고, 난 네 그림자니까

네 키가 클수록 내 몸은
땅바닥에 딱 붙어 쪼그라지지

우린 친구일까?

네가 서 있고 내가 멀어져 보면
나는 또 약해지네
희미해지네

멀어져서 옅어지는 나

괜찮아,

한번 불러준다면

네가 급할 때 날 부르면 난 곧 딴딴한 근육질로,
*내가 화나면 큰일 날 걸**, 하며 헐레벌떡
도우러 갈 테니까

항상 지켜보고 있는 우리가 곧 단짝이지

서로 지켜주자고, 친구

*영화 "헐크"의 대사 중에서

– 신작시 –

그믐

새가 하늘을 날아갑니다
이미 늦은 밤, 새는 어디로 가는 걸까요?

꺼익꺼익
날갯짓할 때마다
울음소리 내며

모두 떠난 하늘
누구 들으라고 우는 걸까요?

할머니도 할아버지도
목수 집 앞에 살던 내 친구도

떠난 지 오랜데

새까만 공중 쳐다보면 새는 보이지 않고,
울던 자리에 별이 하나씩 멈춰 있습니다

– 신작시 –

멋쟁이

어느 때,
산에 불이 나도 새들은 괜찮겠다고 생각했다
높이 높이 올라가 있으면
불도 홍수도 다 피할 수 있지 않느냐,

하늘은 자유롭게 보였다

새들도 땅 위에 집을 짓고
물가에서 쥐똥열매 먹으며 산다는 사실

날개는 여행할 때
천적을 피할 때, 혹은

혼자 외로워질 때 사용한다는 걸 몰랐을 때였지

*멋쟁이: 새 이름

– 신작시 –

하늘 그네

심심한 공중에
그네 하나 놓아주면 어때, 아빠?

그러면
새들은 모이를 쪼러 갈 때마다 들렀다 재잘재잘 한 번씩 타고 가고
학교 가면서도 들러 또 재잘재잘 타다,
깜빡 지각도 할 거 같아

밤이 되면 밤 새가 타고
낮이 되면 낮 새가 좋아라 타겠지

커다란 하늘 그네는 근방의 명물이 되고

가끔은 지나가던 용이 들러 용용 정신없이 타거나
갈 길 잃은 비행기도
싱겁게 스윙스윙 타다 가겠지

그럴 때 새들은 한쪽에 비켜서서 말도 못하고 기다리기만 하겠지

새들은 자기 큰형을 부르거나
가끔은 삼촌 불러 나쁜 애들 혼내주라고도 하겠지

아무도 없이 심심한 날은 아빠를 데려와야지
드라이버와 망치만 들면 뭐든 잘 만들고 고치는 우리 아빠

하늘 빈터에다
새들이 사용할 다른 놀이기구도 만들어달라 해야지
하늘 걷기도 설치하고
오금 펴기나 노젓기, 역기 내리기도

이번 일 잘되면,
다음엔 개미나 사마귀들을 위한 사업을 크게 한번 해보면 어떻겠느냐,
집에 있는 아빠에게
점잖게 물어도 봐야지

당선소감 | 유춘상

글로써 닫힌 생각과 굳은 마음 허물고 싶어

겨울 날씨만큼이나 세상이 을씨년스럽다. 신문과 방송에선 연일 탄핵 뉴스를 쏟아내고, 상상하기 힘든 일들이 바로 눈앞에서 펼쳐지고 있다. 폭풍 속에서처럼 글 쓰는 일이 자잘하고 막막하게 느껴지는 날의 오후, 동시 당선 소식이 날아들었다. "아~ 네." 대답을 하고 나서도 실감이 나지 않았다.

나는 진술의 힘을 믿는 편이다. 작은 말과 낮은 말, 젖은 말의 힘을 믿는다. 단순하고 미숙해 보이는 말, 그런 말들에서 나오는 힘을 믿고 동심의 세계에 가까이 다가가 보고자 한다. 말로써 시간의 빗장을 풀고, 글로써 공간의 벽을 무너뜨리고 싶다. 너와 나의 경계도 풀어버리고, 닫힌 생각과 굳은 마음도 조금씩 허물어뜨리고 싶다.

그래서 삐걱삐걱 시소를 타는 언어, 미끄럼틀에서 굴러 내리는 언어, 그네를 타고 날아가 버리는 언어, 개똥지빠귀 날개에 숨어 노닥거리는 언어, 그런 언어들과 같이 놀고 싶은 마음이다.

막막한 바다 가운데 한 줄기 빛으로 '단짝'에 눈길 던져주신 심사위원들께 깊이 감사의 인사를 드린다. 늘 곁에서 참고 헌신해 주시는 가족들, 함께 활동하고 있는 시그마 선생님들, 그리고 뒤에서 지긋이 힘이 되어주는 분들께 고맙다는 말씀 올린다.

심사평 | 정두리(아동문학가)

평범한 주제를 詩로 풀어내 연마 돋보여

예심 통과 작품, 20명의 동시 71편을 본심 심사자료로 받았다. 엄정한 예심을 거친 작품들이라 일정의 수준은 지니고 있었지만, 그런 만큼 확 다가오는 작품이 없어 심사의 어려움이 있었다.

심사숙고하여 '단짝'을 당선작으로 뽑았다. 그림자라는 다소 평범한 주제를 단짝의 친구로 풀어내는 시를 연마하는 솜씨가 차별되고 돋보였다. 응모한 3편의 다른 작품들도 고른 수준이었기에 안심하고 밀 수 있었다. 그중 '그믐'을 옆에 두고 저울질 했음을 밝힌다.

71편 동시를 읽으며 동시의 호흡과 시가 지니는 서사에 관심을 갖고 작품에 임했으면하는 아쉬움이 있었다. 반구대 암각화는 지역적인 관심을 받아 소재가 되었지만, 새로운 소재 찾기, 시상의 조화로운 표현은 앞으로도 동시쓰기의 과제이기도 하다. 평범한 일상의 일부를 소재로 찾아 새롭게 시를 생성하여 동시의 첫 번의 독자인 어린이에게 펼치기에는 우리 어린이의 걸음은 너무 앞서있다는 점을 기억해야 한다. 무엇보다 '동시 쓰기'가 만만치 않은 작업임을 느낄 때, 시는 변화되고 시에 한 걸음 더 다가가는 일이 될 것이다.

조선일보

김 지 나

1996년 부산 출생
동아대학교 한국어문학과 졸업
2025년 〈조선일보〉 신춘문예 동시부문 당선
이메일: rlawlsk55@naver.com

엘리베이터를 타면

김지나

사람이 들어갈 수 있는 네모 중에서
가장 작은 네모
엘리베이터 안에서는요

안녕하세요!
인사해요

두 손 가득 장 보고 돌아오는 할머니께서 타시면
안녕하세요! 인사하고 이렇게 여쭤봐요
몇 층이세요? 눌러드릴게요!

귀여운 강아지 품에 꼭 안고 어떤 누나가 타면
안녕하세요! 안녕 강아지야! 인사하고 이렇게 물어봐요
귀여운 강아지야 너는 몇 층이니? 내가 눌러줄게!

나보다 먼저 내리거나
내가 먼저 내릴 때에도

잊지 않고 인사해요
안녕히 가세요!

가끔은 아무도 없는 엘리베이터를 혼자 타기도 하는데요
22층 우리 집까지 올라가는 시간이
참 조용하고 길게 느껴져요
이대로 우주까지 가버리는 건 아닐까 생각하다가

거울과 눈이 마주치면
오늘 하루를 열심히 보낸 내가
나를 보고 있어요

나는 나를
3초 정도 가만히 보다가
웃긴 표정을 짓기도 해요

– 신작시 –

도서관에서 살아남기 외 2편

김지나

발소리도 숨소리도 죽여야 해요
자세도 마음도
조용히 고요히

수많은 책들이 나를 관찰해요

내가 읽을 책을 고르는데
책이 나를 고르는 것 같아요

오늘은 어떤 책을 펴 볼까?

제목이 웃긴 책
표지가 예쁜 책

엄청 크고 두꺼운 책
아주 작고 얇은 책

나와 이름이 같은 사람이 쓴 책

-너무 겉모습만 보는 거 아니야?

어디선가 허리를 찌르는 목소리
주변을 둘러보지만 여전히 책밖에 없는데

아, 그게 말이죠…
당장이라도 설명을 시작해야 할 것만 같은 느낌

-내가 담고 있는 속이 얼마나 깊은지
펼쳐서 좀 봐 달란 말이야!

일어서서 주변을 크게 둘러보아도
여전히 조용한 도서관이에요

아무튼,
책으로 가득 차 있는 도서관은
정신을 단단히 붙잡지 않으면 안 되는 곳이에요

– 신작시 –

녹지 않는 아이스크림

세상에
넓고 넓은
이 세상에

녹지 않는 아이스크림은 없을까?

눈에 보이지 않아도 있는
시간
마음
목소리
재밌는 이야기
오늘 나의 기분 같은 것들처럼

눈에 보이지 않아도
손으로 만져지지 않아도
코로 맡아지지 않아도
있기는 있는 것들처럼

시간이 흘러도 흘러도 녹지 않는
그런 아이스크림도 있었으면 좋겠다

녹는 아이스크림은
이미 세상에
너무 많으니까

나의 정체

오후 4시 30분

가장 공부하기 싫은 시간

꼼지락꼼지락

흐물흐물

하루 중 가장 느리게 흐르는 시간

낮보다는 오래됐고

밤보다는 일러서

놀지도 못하고 저녁도 못 먹고

그냥 공부만 해야 하는 시간

만약에 누가 지금 나를 잡고 들어 올리면

나의 정체가 들키고 말 거예요

해 질 녘 그림자처럼 길-게 늘어나는

액체 괴물처럼 넓-게 퍼지는

공부하기 싫어하는 고양이 같은 나의 정체가

탄로 나고 말 거예요

당선소감 | 김지나

출퇴근을 하는 길목에 우체국이 있다. 투고를 할 때면 출근 시간을 이용했는데 그때마다 출근길에 우체국이 있다는 사실이 신비한 우연 같이 느껴져서 괜히 혼자 의미 부여를 하기도 했다. '출퇴근길에 우체국이 있다니, 나 정말로 이 우연을 타고 당선되는 거 아니야? 혹시라도 아주 만약에 그런 일이 일어난다면 당선 소감에는 꼭 우체국 이야기를 넣어야지'. 그렇게 혼자 말을 짓던 나는 겨울볕이 따뜻했던 어느 오후에 당선 전화를 받게 되었다. 어떤 일은 정말로 일어나기도 한다는 것을 경험한 겨울이었다.

나보다 더 좋아하고 기뻐하는 주변 사람들을 보며 여전히 믿기지 않는 부분들을 조금씩 조금씩 감각해가고 있다. 그와 동시에, 나는 이전과 달라진 것이 없는데 전화를 받은 그날 이후부터 새로운 사람이 되어 새로운 글을 멋지게 써내야 할 것만 같다는 생각에 겁이 나기도 했다. 하지만 어떤 일은 일어났고 이제 나는 그 속을 흘러갈 방법을 터득해야 한다. '묵묵히 해온 것으로 당당하게 인정받는 게 훨씬 어려운데 그걸 네가 해낸 거야 대단해.' 내가 믿는 사람의 말을 받아 적으며 나의 작고 흐물흐물한 생각을 단단하게 고친다.

수많은 작품의 바닷속에서 나의 작품을 길어 올려준 심사위원 이준관 선생님께 다시 한번 진심으로 감사하다는 말씀을 드린다. 선생님의 심사평이 또 하나의 새로운 표지판이 되어줄 것이다. 처음 만난 순간부터 지금까지 아낌없는 사랑과 격려로 이끌어준 김민주 선생님.

선생님의 '계속 써야 한다'는 말을 붙잡고 한 걸음 한 걸음 걸어올 수 있었다. 감사하고 또 감사하다는 말씀을 드린다. 아꿈터 공부방의 어린이 여러분. 무엇을 축하하는지 모르면서도 기꺼이 축하해 주어서 감사하다. 선생님이 공부를 가르치는 것 같지만 사실 공부를 제외하고는 선생님이 늘 어린이 여러분에게 배우고 있다는 것을 안다. 모두 모두 사랑한다.

많이 기뻐해도 되느냐고 물은 아빠 정수씨. 많은 말을 하지 않고도 모든 걸 주고받는 엄마 수연씨. 두 사람에게 두고두고 꺼내어볼 기쁨이 되었으면 좋겠다. 때로는 나보다 더 덤덤하여 배우게 되는 것이 있는 두 동생 승준, 채현. 상처를 주기도 하겠지만 그만큼의 위로도 주면서 그렇게 살아가 보자. 그 오랜 시간 일을 하면서도 틈틈이 책을 읽어온 할머니 경옥씨. 당신께서 들려준 다정한 언어들을 타고 여기까지 올 수 있었음을 느낀다. 나와 닮은 대목이 많은 큰고모 정숙씨. 지금까지 받은 것이 참 많은데 이 감사함을 말로 다 표현하기가 어렵다. 그 소중함을 잃지 않겠다. 누구보다 큰 위로와 공감을 주는 작은고모 정애씨. 망설임 없이 스스로를 표현하는 모습을 보며 배우는 것이 많다. 그 따뜻하고 밝은 마음에 언제나 힘을 얻는다. 베트남에서 혼자의 시간을 보내고 있을 유진. 동생임에도 나는 너를 보며 나를 재정비한다. 때로 너는 나의 언니다. 너의 모든 시간과 선택을 응원한다.

거의 대부분 혼자 보내는 시간 속에서 혼자가 아닌 시간들을 함께 보내는 나의 단짝 구은지. 2012년부터 우리가 함께 해 온 순간들은 내 마음 곳곳에 시간순의 목차로 새겨져 있다. 수많은 낮 수많은 밤을 거쳐 다져온 마음과 씨앗은 어느 날은 시들지라도, 결코 멈추지 않고 새로운 싹들을 틔워낸다. 그런 종류의 믿음이 있음을 알게 해주어 고마운 마음이다. 나는 우리가 각자의 정원을 가꾸는 법과 서로의 정원에 함께하는 법을 안다고 믿는다. 앞으로도 우리는 그렇게 서로를 배울 것이다.

'다시 처음부터'라는 이름의 버튼을 눌린 것 같다. 새로운 처음의 자리에서 나는 또 이렇게 혼자 말을 짓는다. 언젠가 무언가가 되고 싶었던 마음, 그것을 쥐고 잃어버리는 건 아닐까 포기해버리는 건 아닐까 전전긍긍하면서도, 그럼에도 쓴다는 선택을 한 내가 있었다는 사실을 잊지 말자. 헤매게 되는 날에는 그것들을 바라보자. 명확한 사실들을 붙잡자.

나에게 빛을 주려는 것들을 곁에 사랑과 함께 띄워두고
이제 다시 깊고 깊은 언어의 숲으로 들어갈 시간이다.

심사평 | 이준관(아동문학가)

평이한 표현 속 착한 동심… 아이들이 친근하게 읽을 수 있어

올해는 눈에 띄는 좋은 작품이 많아서 즐거운 마음으로 심사했다. 동시는 동심을 바탕으로 한 시라는 인식으로 동심과 시심이 조화를 이룬 작품이 많았다. 아이들의 일상과 자연을 동심의 관점에서 바라보고 세련된 시적 기법으로 표현한 동시가 많았다. 그러나 새로운 소재의 발굴과 기법의 혁신을 보여주지 못한 점들이 아쉬움으로 남았다.

'코끼리'는 칭찬을 들었을 때의 기분 좋은 마음을 코끼리 귀에 비유한 것이 눈길을 끌었으나 너무 흔한 주제라서 특별하지 못했다. '요즘 국어사전을 열어보고 있어'는 연작 시로서 우리말에 대한 재미있는 해석이 흥미로웠다. 그러나 아이들이 생활에서 많이 사용하는 친근한 우리말을 대상으로 했으면 하는 아쉬움이 있었다. '오늘은 누군가의 생일'은 산뜻하고 참신한 동심적인 상상이 좋았다. 그러나 함께 보내온 작품들이 약했다. 아쉽게 탈락한 '아빠, 우리 집 앞산이 어디로 갔어요?'는 동화적인 발상과 세련된 시적 표현이 매력적인 작품이었다. 낯익은 설정과 주제라는 점이 흠이었지만 앞으로 좋은 동시를 쓸 분이라는 생각이 들었다.

‘엘리베이터를 타면’은 남을 먼저 배려하고 친절을 베푸는 착한 동심을 그려낸 작품이다. 남을 위해 오늘 하루를 충실히 보낸 아이의 행동을 일상어로 말하듯이 자연스럽게 풀어냈다 아이들이 이해하기 쉬운 평이한 표현 속에 착한 동심을 담고 있어 아이들이 친근하게 읽을 수 있는 작품이었다. 마지막 연에서 볼 수 있듯이 천진난만하면서도 마음속에는 순수하고 선한 동심을 지닌 아이의 행동을 가식이나 인위적으로 꾸미지 않고 자연스럽게 표현한 것이 미덕이었다.

한국불교신문

최옥화

1968년 서울 출생. 한국방송통신대학교
진천문인협회 회원, 충북동시문학회 회원
한국시낭송전문가협회(포석시울림회) 회원, 시낭송가
제25회, 제30회 포석조명희 전국 백일장 입선
2025년 《한국불교신문》 신춘문예 동시(가작) 당선
제2회 문경세재 전국 시조100편 암송 경연대회 은상
제9회 충청북도 시낭송 경연대회 대상
제9회 통일부 국립통일교육원 통일 시낭송대회 금상
제19회 포석조명희 전국 시낭송 경연대회 금상
제4회 문경세재 전국 시조 낭송대회 금상

달팽이의 귀가

최옥화

내가 얼굴을 쏘~옥 내밀었더니
그아이가
돌고래처럼 소리를 지르는거야

그래서 죽은 척 움직이지 않았더니
이번에는
그 아이가 막 울더라고

엄마는 우는 아이를 데리고
배추밭으로 갔어
그리고 나를 배춧잎에 내려놓았어

엄마손을 꼭 잡고
아이는
나를 보며 웃고 있었어

– 신작시 –

설 전날 눈이 많이 내리니 외 2편

서울 사는 작은 아빠한테
오지 말라고 전화하시던
할머니

밤이 깊어지니
차 소리 들릴 때마다
문밖을 내다보신다

날이 새도록

– 신작시 –

공룡들이?

공룡을 너무 좋아하는 예성이

유치원 가야 하는데
공룡 피규어랑 놀고 있는 예성이를 보고
엄마가 불같이 화를 냈다

오후에 하원하는 예성이를
엄마가 데리러 갔다

- 엄마, 화 풀렸어?
- 응~
- 아침에 엄마가 화산처럼 폭발해서
  우리 아기공룡들이 다 멸종할 뻔했잖아

– 신작시 –

낚시 바늘

다이버가
바다를 탐사하고 있었다

짜~짠!
상어가
다가오더니 입을 쫙~ 벌렸다

아찔했던 다이버
도망가려다 입안에서 반짝이는 낚시바늘을 보았다
떨리는 손으로 낚시바늘을 빼줬는데…

잠시 후,
다시 나타난 상어
친구를 데리고 왔다

상어 친구도 입을 크게 벌렸다

당선소감 | 최옥화

생명체 대하는 천진함에 이끌려

동시로 가는 길은 험했습니다 충북아동문학회가 생겼으나 코로나로 수업은 하다 말고 하다 말고 결국 저녁 수업이 없어지고 낮 수업만 할 수 있게 되었습니다.

쓰다만 동시를 완성하고 싶었습니다. 공부만 다시 할 수 있다면 무엇이든지 할 만큼 절실했습니다. 어렵게 어렵게 저녁팀이 만들어졌으나 문제는 또 있었습니다. 공부할 장소가 없던 것입니다. 여기저기 카페를 방황하고 다니다 옆자리에서 떠드는 어린 여학생들과 언쟁도 벌였습니다. 그럼에도 불구하고 우린 모였고 이론 공부와 써온 작품을 합평했습니다. 오늘의 이 영광은 같이 공부하겠다고 모인 충북아동문학회 저녁 스터디팀(이인해, 김숙종, 김인숙, 조아라, 신수진 선생님)이 있기에 가능한 일이었습니다. 혼자서는 아무것도 할 수 없었던 제게 힘이 되어준 저녁 스터디 팀에게 뜨거운 감사를 드립니다.

처음 수업 날 전병호선생님께서 왜 동시를 쓰려고 하냐고 질문하셨습니다. 그러시면서 상 받는 거에 연연해 하지 말고 내가 왜 동시를 쓰는지를 잘 생각해야 한다고, 그게 더 중요하다고 하셨습니다. 그땐 제가 왜 동시를 쓰려는지 몰랐는데 이제는 알 수 있습니다. 저는 동시를 생각하면 행복해집니다. 작은 달팽이에게도 생명의 존귀함을 배울 수 있고 바위 위에 꽃을 피우기도 하며 바람과 대화도 할 수 있습니다. 동시인이 된다는 건 그런 일인 것 같습니다.

학교 정원에 깡충깡충 뛰는 저 새는 왜 뛰는지 알고 싶고 올해는 약사과 나무에 왜 사과가 열리지 않는지 궁금해집니다. 해마다 떨어지는 모과를 공짜로 가져갈 수 있게 해준 모과나무가 고맙고 키 작은 민들레가 겨울에도 피어있어 줘서 기특했습니다. 동시의 눈으로 보니 온 세상이 아름답습니다.

4시 40분 퇴근 후 방황하다 7시 수업을 갑니다. 그 두 시간 넘는 기다림이 힘들고 지치지만, 이번 기회를 들어 더 힘을 내어 앞으로 나아가겠습니다. 늦은 시간까지 한 사람, 한 사람 세심하게 가르쳐주시는 전병호선생님, 감사합니다. 선생님을 만난 건 제 인생에 다시 없을 큰 행운입니다. 그리고 시낭송만 하던 저에게 문학의 큰 길을 알려주신 제 문학의 뿌리이신 나순옥 선생님, 감사합니다. 두 분 선생님께 더 배우고 깨달아 문학인으로서의 올곧은 삶을 살고자 합니다. 또한 부족한 사람의 작품을 뽑아주신 이송현 동화작가님과 한국불교신문사 관계자분께 큰절 올립니다. 진심으로 감사드립니다.

그리고… '달팽이의 귀가'를 쓸 수 있게 영감을 준 남편에게 고맙다고 말하고 싶습니다. 엄마를 전적으로 응원하는 소중한 우리 아이들, 친구같이 편한 큰딸 미연이와, 잘생겼고 노래도 잘하면서 예의도 바른 사위 준우, 엄마의 손짓 하나를 세심하게 보고 필요한 걸 투척(?)하는 선물 같은 둘째 혜련이, 자주 아픈 엄마 때문에 늘 걱정이 많은 듬직한 막내 정환이까지 우리 가족들 많이 사랑합니다.

심사평 | 이송현(아동 · 청소년소설가)

아동문학에서 가장 고려해야 할 점은 어린이 독자들이다. 어린이의 마음을 이해하고 사로잡을 수 있을 것. 우리는 누구나 어린아이였고 따라서 동심에 잘 알고 있다고 확신을 하지만 잊고 있던 동심을 다시 일깨워 작품에 표현하기란 쉽지 않다. 기성 작품과 다른 신인만의 패기와 생동감을 구현한 수작을 가려내고자 했다. 대다수의 작품들이 아동문학에 대한 이해도가 기준에 못 미쳐 아쉬움이 컸다. 어린이가 주인공이라고 아동문학 작품이 되는 것이 아니며 아동문학 작품 속에 등장하는 어른의 모습이 하나같이 교훈적인 역할에 갇혀 있거나 사건을 해결하는 정답지의 모습을 하고 있다는 점은 지양해야 할 것이다.

총 3편의 작품이 최종심에 선정되었다. 김미선의 동화 〈몽골몽골라 봉골봉골로아몽아봉〉은 제목은 물론이고 도입부터 어린이의 시선을 붙잡기에 충분했다. 금색 상자 택배를 받는 아이의 흥분과 설렘이 여실히 느껴졌다. 상자가 주는 특별함은 어린 주인공을 환상의 세계로 초대하기에 억지스럽지 않았으며 안경알 없는 안경, 금붕어 금봉이까지 친구가 없는 주인공 재이의 외로움을 위로하는 것은 물론 재이가 삶을 더 긍정적으로 받아들일 수 있는 아이로 성장할 수 있을 것이란 믿음을 준 작품이었다.

박수현의 동화 〈그까짓 덕질〉은 아동과 성인의 역할이 이분화되지 않고 사건 안에서 함께 성장한다는 아동문학의 순기능을 여실히 드러낸 작품이다. 그러나 사건을 통해 인물의 심리 묘사가 좀 더 치밀하게 표현되었으면 하는 아쉬움이 남는다. 최종심에 오른 두 편의 동화들은 나름의 장점이 있음에도 불구하고 신인 발굴이라는 주최측의 취지에 의해 안타깝게도 수상에서 멀어졌다.

최옥화의 동시 〈달팽이의 귀가〉는 자신을 지켜보는 아이와 엄마의 모습을 관찰하는 달팽이를 화자로 내세워 생명체를 대하는 아이의 천진함과 그런 아이의 마음을 과장되게 포장하지 않고 있는 그대로의 평이한 시어로 인간과 자연, 생명체를 대하는 정직한 모습을 표현하고 있다. 다만 시적 상상력을 확장시키는 역량에 있어서 아쉬움이 남아 가작으로 선정한다.

당선자에게 축하 인사를, 그리고 최선을 다해 작품을 창작했을 수많은 응모자분들에게 격려의 박수를 보낸다.

한국일보

안 지 현

1982년 춘천 출생
춘천교육대학교 졸업
경기도 양평의 초등학교 교사
2025년 〈한국일보〉 신춘문예 동시부문 당선
wlgust@naver.com

뱀 꿈

안지현

뱀에 물리거나 뱀을 죽이는
꿈을 꾸면 사람들은 좋아하지
바라던 일이 이루어지는 뱀 꿈
은 너무 좋아 뱀도 꿔

피아니스트가 되고픈 뱀 꿈
자전거 챔피언이 되고픈 뱀 꿈

간절한 꿈속 자기를
물고 또 물고 죽고 또 죽이며
작아진 허물 벗을 때마다
선명하고 매끄러워지는 뱀

피아노 속으로 들어가네

온몸이 손이라

자전거도로로 뛰어드네

온몸이 발이라

기다란 몸 꿈틀거리네

온몸이 가슴이라

온몸으로 꿈꾸는 뱀은

기어가는 꿈 한 마리

소리 지르지 말아 줘

꿈이 꿈 이루는 중이니까

뱀 꿈꾸는 뱀 꿈 이루어지는 꿈

뱀 꿈

당선소감 | 안지현

세상이 생각대로 되지 않을 때 전화가 왔습니다

"생각대로 되지 않는다는 건 정말 멋져요. 생각지도 못했던 일이 일어나는걸요." 마음에 품고 있던 문장이 현실이 되는 순간이었습니다. 추위도 느껴지지 않을 만큼 기뻤지만 동시에 걱정과 불안도 밀려왔습니다. 그때 한 어린이가 말했습니다.

"와, 축하해! 이제 정말 더 잘 써야 해!"

진심으로 축하해 주고 등 두드려주는 어린이가 제 옆에는 많습니다. 고운 어린이들을 따라다니다 동시도 만났습니다. 어린이들과 흙바닥 공깃돌처럼 동시를 가지고 놀면서 제 안의 어린이도 만났습니다. 참 잘 웃는 제 안의 어린이는 혼나도 웃고 부끄러워도 웃고 죽을 만큼 아파도 웃었습니다. 세상 모든 어린이들이 그렇다는 것을 압니다. 웃고 있지만 아프고, 아파도 환하게 웃는 어린이. 그런 어린이와 저를 위해 그리고 영원히 자라지 못하는 어린이를 품고 살아가는 어른을 위해 쓰겠습니다. "동시는 먼저 시가 되어야 하고, 그 위에 다시 동시로 되어야 한다."는 문장을 따라가며 쓰겠습니다. 그 기회를 주신 한국일보사와 심사위원분들께 진심으로 감사드립니다. 기회가 헛되지 않도록 더 열심히 걸어가겠습니다.

감사하다는 말도 모자란 동시 선생님! 선생님께 시는 물론이고 좋은 어른을 배워요. “나 오기를 기다리리// 아니라고 말할 수 없는/ 모든 것 속에// 하느님은 숨어서” 이제 제 숨바꼭질을 시작해요. 오래오래 지켜봐 주세요. 이 멋진 일을 함께 만들어 준 나의 다이애나와 화요일의 벗들, 정말 고마워요. 우리 세상 끝날 때까지 시를 나눠요. 엄마 아빠, 제 웃음은 분명 두 분에게서 왔어요. 이제 저로 인해 행복에 물들길 빌어요. 어머님 아버님, 제 엄마 아빠가 되어주셔서 감사해요. 두 분은 행운이에요. 매 순간 시가 되는 동훈아 서준아, 세상이 얼마나 아름다운지 끝까지 함께 보자. 준비됐지? 마지막으로, 나의 단짝 승엽씨 당신으로 인해 내 삶이 너무 아름다워. 앞으로도 계속 내 시 읽어줄 거지? 내 모든 시는 당신을 위한 거야.

“모두들 안녕. 내 걱정은 말아요. 난 언제나 잘해 나갈 테니까”

* 이 글은 동시의 길에서 만난 소중한 문장들을 담아 썼습니다. 누구의 문장인지 찾아보세요. 다 찾으면 오늘 밤은 “뱀 꿈”.

심사평 | 김개미(시인) · 김유진(시인 겸 아동문학평론가)

낡은 뱀 통쾌하게 배반하는 새로운 뱀의 시작을 알린 작품

올해 한국일보 신춘문예 동시 부문에는 지난해보다 많은 281명이 1,500여 편을 응모해 주셨다. 동시 창작에 대한 열기가 창작자 전체의 수준을 올리고 읽는 관심으로도 이어졌으면 하는 바람이다. 오래 사랑받아 왔던 동식물을 포함한 자연물, 사물 등의 소재는 찾아보기 어려운 반면, 일상에서 경험한 해프닝이나 에피소드 등을 소재로 한 작품은 많았다. 전반적으로 길이가 길어졌음은 물론 산문화 경향을 보여서일까. 긴장감을 확보하며 함축의 미를 보여주는 작품은 드물었다. 본심에서 논의된 작품은 '몰래 쓰기' '찰흙' '뱀 꿈'이었다.

'몰래 쓰기'는 교과서와 일기장을 소재로 하였다. 아이는 비밀스러운 것을 일기장이 아니라 교과서에 적는다. 사춘기에 접어들었을까. 아이는 좀 더 복잡하게 생각하기 시작했다. 중요한 것을 숨기지 않는 방식으로 숨기는 이 방식은 '숨은그림찾기'를 떠올리게 한다. 발설하고 싶으면서도 비밀로 간직하고 싶은 양가감정을 섬세하게 포착했다.

'찰흙'의 빼어난 점은 매력적인 소재의 선택이었다. 찰흙은 무엇이 되기 전의 덩어리로, 끝없이 끈적이며 계속해서 우리의 손을 더럽힌다. 서두르거나 방치하면 갈라지고 부서진다. 녹록지 않은 현실과 그로 인한 축축한 심리를 담아내기에 좋은 소재다. 이 작품은 그늘에서 천천히 말려야 하는 찰흙처럼 읽는 사람을 오래 붙잡아두는 힘이 있었다.

'뱀 꿈'은 새로운 뱀의 등장을 알린 작품이었다. '뱀 꿈' 속의 뱀은 무섭고 징그러워서 피하고 싶은 뱀이 아니라, 고통의 터널을 지나 생명과 갈망으로 출렁이는 눈이 멀 것 같은 뱀이다. 빛 속에 찬란하게 펼쳐진 뱀은 그동안 보아왔던 죽음과 어둠을 표상하던 낡은 뱀의 이미지를 통쾌하게 배반한다. 우리가 이미 소비해버린 많은 소재 속에 우리가 놓친 매혹의 이미지가 아직도 무수히 잠들어 있으리라. 함께 투고한 '사과는 그만' '토끼 인형'에서도 역량이 엿보였다. '뱀 꿈'을 수상작으로 선정하며 진심으로 축하한다.

2025 신춘문예 당선동화동시집

초판발행 2025년 1월 25일
지 은 이 박성희 허진호 장인선 양지영 수이레 박동식 나혜진
유두진 이지현 고민실 이연숙 민지인 김정숙 나리
포공영 유춘상 김지나 최옥화 안지현
발 행 인 노용제
기 획 정은출판 기획부
발 행 처 정은출판
등록번호 신고 제301-2011-008호(2004. 10. 27)
주 소 04558 서울시 중구 창경궁로1길 29. 3F
전 화 02)-2272-8807, 02)-2272-9280
팩 스 02)-2277-1350
홈페이지 www.je-books.com
전자우편 rossjw@hanmail.net
ISSN 978-89-5824-513-1(03810)